KB129897

1967년부터
시작한 시간여행

㈜ 금성사에서

1967년부터 시작한 시간여행
㈜ 금성사에서

초판 1쇄 발행 2023년 12월 25일

지 은 이 박원영
발 행 인 권선복
편   집 한영미
전 자 책 서보미
발 행 처 도서출판 행복에너지
출판등록 제315-2011-000035호
주   소 (157-010) 서울특별시 강서구 화곡로 232
전   화 0505-613-6133
팩   스 0303-0799-1560
홈페이지 www.happybook.or.kr
이 메 일 ksbdata@daum.net

값 18,000원
ISBN 979-11-93607-05-3 03810

1967년부터
시작한 시간여행

(주) 금성사에서

박원영 지음

도서
출판 행복에너지

이제 나이 8학년 중반에 들어서니 사회생활을 시작한 1967년으로 다시 돌아가 신세대가 되어 다시 한번 마음껏 일하며 즐겁게 살고 싶다는 욕망이 불타오르지만… 세월 앞에 장사는 없고 오늘은 다시 올 수 없으니 그때의 즐겁고 괴로웠던 추억들을 더듬어 회상하며 30대 청춘의 왕성한 일상생활에서 매일, 매순간의 선택이 그 환경과 지위에서 최선이었나를 되새겨 보자.

금성사는 1958년 10월 우리나라 최초의 전자공업회사로 구인회 회장께서 부산시 부산진구 연지동에 설립하였다. 그 후 1963년 9월 금성사 본사와 연지동 공장을 부산시 동래구 온천동의 새 공장으로 이전하였고 1964년 3월 온천동 종합 전자기기 공장이 완공되어 본격적인 생산에 들어갔다. 또한 우리가 입사한 그해인 1967년에는 뤼브케 독일 대통령의 부산공장 방

문을 계기로 비가 오면 질퍽했던 공장 내외의 아스팔트도 포장되었고,

전화기도 생산하게 되었으니 이 또한 특기할 만한 역사가 아닌가?

나는 1967.01.01 청운의 꿈을 안고 사회생활의 첫발로 금성사에 입사하게 되였다. 그때 함께 입사한 동기생은 50여 명이었고 어느덧 56년이 흐르고 있다. 사실 1967년도는 타자기와 자동 전화기 그리고 주판과 같은 사무기기가 있었지만 타자기는 공문서를 보낼 때 타자수 여사원에게 부탁해야 하였고 주판은 주로 경리과에서 사용하는 것일 뿐 일상 업무에 사용하는 것은 전화기 정도여서

회사 내 공문은 대부분 손으로 직접 작성하거나 의사전달 차

각 부서를 찾아 발로 뛰던 시절이라

지금과 대비하면 너무나 불편해 보이지만 우리나라 특유의 유교 문화와 따스한 정의 문화가 살아 숨 쉬는 살맛 나는 직장 생활이었다고 생각한다.

그런데 지금은 모든 것이 너무나 편리해진 세상이 되었는데 왜 이렇게 각박한 세상이 되어가는 것일까?

아마도 물질문명의 발달로 욕망이 더 많아지고 특히

다른 사람들과 비교우위 요소가 다양해짐에 따라 그것들을 차지하기 위한 경쟁이 심화되다 보니 그만큼 스트레스를 많이 받게 되었기 때문일 것이다.

이런 시기에 청운의 꿈을 꾸면서 시작된 내 젊은 날의 역사를 56년으로 돌려 시간여행을 시작해 보려고 한다. 즉 청운의 꿈이란 간절히 바라던 일이 뜻밖에 이루어져 꿈처럼 여겨지는 것을 이르는 말이니 내 일생에서 가장 황금기인 청춘 시절을 금성사라는 울타리 속에서 어떻게 쏟아 부었는지 그 희로애락의 역사를 다음과 같이 기록해 보려고 합니다.

차례

명! 제품과장 그리고 새로운 직책

명! 서비스관리과장 그리고 창조의 역사

명! 대전영업부장 그리고 역경의 시간

박승찬 사장의 서거와 새 사령탑의 진주

부산영업소장으로의 전근과 반란사건

제1장

금성사 입사와
청운의 꿈

1
우선, 왜 청운의 꿈일까?

우리 세대는 사실 10~12살 무렵 6.25를 치렀고 그 후 4.19.
5.16. 5.18 등 한국사의 크고 작은 사건, 사고를 모두 체험하며
추위와 배고픔, 불안과 공포, 데모와 최루탄 속에 말 못 할 고초
를 겪은 세대다. 다시 말하면 1945년 해방으로 겨우 국권은 회
복되었으나 산업 기반도 없는 상태에서 좌우 대립 속에 정부는
물론 민생도 겨우 미국과 UN의 원조에 의존하며 여전히 보릿
고개에 시달리던 시절이었다. 따라서 살을 에는 추운 겨울에는
산에 좀 남아 있던 나무와 덤불마저 모조리 긁어 모아 땔감으로
사용하다 보니 산과 들은 벌거숭이 황무지가 돼 버렸다.

그나마 일제가 남기고 떠난 산업시설과 주거시설은 6.25 전쟁으로 초토화되어 삶의 희망마저 가물가물하던 이 땅에 어느새 이렇게 안정된 일자리가 생겨 이제 젊은이들이 큰 꿈을 펼치게 되었으니 청운의 꿈이 아니고 무엇이란 말인가?

그해 나는 은행과 금성사 2군데의 합격통지서를 받았는데… 합격통지서라! 와~~ 그때의 그 기분은 그냥 "만세!"였다. 이제 고생길을 걷어내고 직업을 갖게 되었고 돈을 벌어 그간 필설로도 표현이 어려운 고생으로 우리를 먹이고 입히고 지켜주신 모친에게 효도할 수 있게 되었으니 "만세"가 아니고서야 달리 할 말이 없었던 것이다.

이제 선택의 시간, 아무래도 은행은 매일 비슷한 업무가 반복되는 지루한 직장 같아서 제조업을 선택했고 결과적으로 보면 안정된 은행보다는 파란만장했던 금성사를 선택한 것이 다양한 사회생활을 체험하면서 인생을 풍부하게 하였을 뿐만 아니라 특히 내성적이었던 내 성격을 치열한 사회환경 속에서 경쟁하고, 돌파하면서 개조할 수 있었으니 역시 올바른 선택이었다고 생각한다. 이제 부모의 슬하를 떠나 한 사람의 개체생활에서 단체의 일원으로, 즉 사회생활이 시작된 셈이다.

사람은 특수한 경우를 제외하면 혼자 살 수 없다. 사회생활이란 개인의 자유가 제한되지만 규칙과 법을 준수하고 상호 배려와 협력을 통하여 개개인의 삶과 성공을 찾아가는 여정이라고 할 수 있다. 즉 행복은 다른 사람의 행복과 함께 있다고 생각한다.

원래 나의 꿈은 내 성격상 의사나 대학 교수가 적성에 맞는다고 생각하면서 희망을 키웠지만 어려운 생활여건 때문에 포기할 수밖에 없어 지금도 아쉬운 생각을 지울 수 없다. 우리 입사동기생들은 한 달간 회사의 현황과 취업규칙 등 집합교육을 마치고 대부분 부산공장에 배치되었고 일부는 서울 사무소에 발령받아 헤어지게 되었다. 그때 우리 입사동기생(67회)들은 집합교육을 시작하면서 각자 자기소개를 했는데, 모두 새댁같이 얌전하였고 특별히 튀거나 왈가닥 같은 사람은 없었다고 회고되며 대부분이 사려 깊은 이공계 출신이라 그런 것이 아닌가 싶다.

그 당시의 입사시험은 공개경쟁으로 대학교 성적 B학점 이상이면 지원 가능하였고 지금처럼 필기시험과 사장님의 면접으로 입사하였는데… "What is your hobby?" 하시던 사장님의 질문이 지금도 뚜렷하다. 돌이켜 생각해 보면 입사시험 준비로 전공이나 예상문제를 열심히 공부하였지만 입사 후 회사 업무에는 직접 적용할 지식은 별로 없고 모두 새로 배워야만 했다. 다만 학교과정에서 배운 학식들은 창조력과 사고력을 키우고 활용하기 위한 밑거름이 되었다고 생각한다.

3년 후 삼성전자가 창립(69년)되면서 동기생 몇 분이 스카우트되어 삼성으로 전직해 가서 모두 임원이나 사장이 되었고, 그 밖에 해외로 이민 간 분도 있지만 현재 생존해서 매달 서울서 모이는 분들은 이제 10여 명에 불과하니 새삼 세월의 속도와 무상함을 느끼게 한다. 그 당시 우리가 입사한 금성사는 동래구 온천동 707번지에 위치해 있었는데… 금성사 부산공장은 가전제품 공장으로서는 일본을 제외하면 우리나라는 물론 동양 최대 규모였고, 그 후 구미 TV 공장과 창원 냉응용기 공장이 차례로 건축되었다. 따라서 부산공장이 본사 역할을 하였으며 서울에는 서울역 건너편에 서울사무소가 있었다. 그 때문에 모든 관공서 업무는 본사인 부산공장에서 집행되고 관리되었다.

사실 지금의 온천장은 옛날의 영화가 많이 사그라들기는 했어도, 그 당시는 금성사 덕분에 우리나라 최고의 온천장으로 발전하였다고 볼 수 있다. 이런 좋은 입지에 금성사 가전공장을 건축하였다는 것은 우연이 아닐 것이다. 좋은 입지는 복 운이 있어 나쁜 기를 다스리고 인재가 모여 회사의 건실한 발전을 도모한다고 할 수 있다. 그런 유서 깊은 곳에서 67회 회원 우리가 청춘의 한 시기를 근무하였다는 것은 행운이 아닐 수 없다.

특히 자랑스럽던 추억은 그 당시 생산되는 가전제품들은 모두 우리나라 최초라는 수식어가 붙어 다녔는데, 1966년 8월 국산 최초 흑백TV 'VD-191'가 생산되면서 선풍기, 냉장고, 세탁기, 적산전력계 등이 연달아 생산, 판매되었다는 사실들이 우리에게 큰 용기와 자부심을 갖게 하였다. 특히 59년 우리나라 최초로 생산된 A-501 라디오의 가격이 20,000환이었는데 67년 당시 신입사원 월급이 8,000~12,000원 수준이었으니 3개월 급료를 합해야 살 수 있는 초고가 상품이었다.

67년 금성사 입사동기 기념사진

여기서 잠깐 공장이 위치한 부산시 동래구 온천동의 역사를 소개하고 넘어가자.

2
동래온천의 유래

원래 이곳은 예부터 역사 깊은 온천지역이며 관광지역인데… 재미있는 '백학설화'가 있다.

▶백학(白鶴)설화

신라시대 동래 고을에 다리를 쓰지 못하는 절름발이 노파가 한 명 살고 있었다고 한다. 어느 날 노파의 집 근처에 있는 논에 학이 한 마리 날아와 노니는데 그 학도 노파와 마찬가지로 다리를 절룩거리면서 돌아다니고 있었기에 노파가 같은 처지에 놓인 이 학을 동정하면서 함께 지냈다. 그리고 사흘째 되던 날에

학이 다리가 완쾌되어 근처를 몇 바퀴 돌다가 힘차게 날아서 떠나가 버렸는데 노파가 이상하게 여겨 학이 있던 자리에 가보니 뜨거운 물이 솟아나고 있었고 그 샘물에 다리를 담근 노파는 며칠 뒤에 다리가 완쾌되어서 마음대로 움직일 수 있게 되었다고 한다. 이후 이 곳을 사람들이 온천이라고 불렀다고 한다.

▶역사

신라의 수도였던 경주시와 가까운 위치 때문에 일찌기 북국시대부터 알려진 온천이었다. 『동국여지승람』에도 신라왕이 입욕을 목적으로 일부러 행차했던 곳이라는 기록이 남겨져 있다. 고려시대와 조선시대에는 수도를 북쪽으로 옮기다 보니 거리 문제로 왕이 동래온천을 공식적으로 찾은 적은 없지만 그래도 꽤 유명해서 이규보, 정포, 박효수, 양녕대군 그리고 왜관의 일본인들이 동래온천을 즐겨 찾았다고 한다. 『신증동국여지승람』에는 온천의 온도가 닭고기도 익힐 수 있는 정도였다고 한다. 또한 이용객이 많다 보니 온천을 관리하는 온정직이 생겼고 숙박을 위한 온정원과 역마까지 두었다고 한다.

이후 온천욕을 특히 좋아하는 일본인들에 의해 본격적으로 현대식으로 개발되었고, 일본인들이 많이 살던 부산 도심에서 이 역 인근까지 온천여행객을 수송하기 위한 온천셔틀로서 부산전차가 1915년 개통되었다. 따라서 해방 이후에도 한국의 대표적인 온천으로 기능했다. 1950년대에 시영 욕탕 6개와 목욕 숙박업소 40여 개가 있었다고 한다. 부산 사람들은 아직도 동래온천 일대를 온천장(溫泉場)이라고 부르며 지하철역에도 이 이름이 반영되어 있다.

1980년대까지만 해도 부산의 대표적인 부도심지로 기능하였으나 젊은 층들이 점차 부산대, 서면, 경성대, 덕천 등으로 이동하고 유흥지 역시 원래 온천1동과 온천2동 중간지점에 위치했었던 동부터미널이 노포동으로 이전하는 바람에 직격탄을 맞았다. 이에 따라 서면, 연산동에 밀려 점점 쇠퇴해 현재는 부도심의 지위를 잃고 온천을 찾아오는 관광객과 주민들을 상대로 장사를 시작했던 오래된 몇몇 온천탕과 맛집들만 남아있는 상태이다.

그 밖에 부산은 가볼 만한 관광명소가 많다. 즉 해운대와 동백섬을 비롯하여 태종대/영도/송도/다대포/광안리해수욕장/국제시장과 자갈치시장/이기대 수변공원/감천문화마을/용두산공원/범어사/유엔군 묘지 등이며 특히 범어사는 부산 금정구 금정산 동쪽 기슭에 위치한 사찰로서 합천 해인사 및 양산 통도사와 더불어 우리나라 3대 사찰이며 특히 유엔군 묘지는 6.25

때 그들에게는 이름도 낯설었을 대한민국을 수호하기 위하여 북한군과 싸우다 전사한 유엔군 소속 각국의 전몰장병들이 안장된 곳이니 꼭 한번쯤 방문하여 감사의 뜻을 전하는 것이 예의일 것입니다.

3
자재과에서의 첫 업무

나와 다른 동료 1명이 처음 자재과에 배치되던 첫날 조회시간에 과장님의 훈시가 있었는데 매일 아침 빠짐없이 실천해 온 행사라고 하시면서 매우 인상 깊었던 말씀이라 지금까지도 가슴에 새기고 실천해 오고 있다. 훈시의 내용은 다음과 같다.

"아침조회를 시작하겠습니다"

"여러분 차려!! 함께 인사; 반갑습니다. 열중 쉬어!"

"새로 자재과 식구가 된 것을 환영합니다."

"이 회사는 앞으로 무궁무진하게 발전할 수 있는 전도유망한 회사인바 아주 훌륭한 선택을 하였습니다. 자고로 회사생활이란 우선 성심, 성의로 업무에 충실해야 하고, 양심과 정의를 최고의 가치로 삼고, 창의력을 바탕으로 서로 협력하여 자기 자신과 회사발전에 기여하는 것입니다. 따라서 선배 직원들은 선배로서 신입사원들이 하루빨리 업무에 숙달될 수 있도록 지도, 편달을 아끼지 말아야 하고 신입사원은 선배의 지도에 따라 열심히 배워서 단기간 내에 자기의 몫을 다할 수 있도록 힘써 주시기 바랍니다."

"오늘도 각자의 위치에서 생산에 차질 없도록 열성을 다해 주시기 바랍니다."

"이상! 차려! 경례! 각자 원 위치로….."

그 후에 알고 보니 이분은 육군상사 출신이었는데, 키는 작은 편이나 얼굴이 화사하여 인상이 좋아 보였고, 속마음도 또한 인자한 분이셨다. 다시 생각해 보면 그 태도가 어쩐지 군대식으로 열중 쉬어! 차려! 하며 구령을 하셨던 기억이 난다.

다음날, 자재과의 공식적인 업무분장에 앞서 선배로부터 다음과 같이 직무 설명을 들었다. 즉 연구개발=설계도면=Part List=자재발주=입고/검수=조립/생산/품질관리=완제품의 공정

부산공장 자재과 시절

을 거친다. 이런 전체 공정 중에 우리 부서는 제품생산에 필요한 자재의 수급계획과 발주 즉 외주, 구매, 입고진도 관리가 주된 활동으로서

첫째, 제품을 만들기 위한 설계도면으로부터 그 제품에 들어가는 모든 구성부품 즉 Parts List가 작성되는데 그것을 기준으로 자재발주를 하게 된다.

둘째, 자재발주는 자작 품과 시중구매 품목 및 협력회사 발주분으로 나누어지며 품명/규격 및 재질/소요량/납기 등이 표시된다.

셋째, 양산용 또는 신제품용 발주는 영업부서의 판매계획에 기준하되 자재창고와 조립라인의 재고를 감안해야 하고 또한 불량률(보관/조립/분실/AS 등)을 감안하여 발주하되 판매부서의 요청과 생산라인에 따라 납기를 조절해야 한다는 것이다.

넷째, 시중 구매는 따로 구매과에서 집행하므로 항상 입고진도를 체크하여 품절이 없도록 감독하고 통제하여야 한다.

또한 자체 창고의 위치/규모/보관형태/조명/운반, 적치기구/포장 등을 두루 살펴야 하고, 조립라인에는 제품생산 공정별로 체크하는 것은 물론, 구매품의 시장조사를 비롯하여 협력공장을 둘러보고 위치/거리/생산능력/품질관리/조직 및 재무능력을 파악하며, 그리고 특히 대표자의 인적 사항 등을 조사하여 평가대장을 만들어 관리하면 좋을 것이라는 지침을 받았다.

이때 우리나라 최초로 진공관식 라디오(1959년)와 14인치 선풍기(1960년) 및 적산전력계(1963년)가 생산되었고 1965년 냉장고, 66년에 흑백TV가 생산되었다. 우리가 입사한 67년 이후부터 룸 에어컨/엘리베이터/에스컬레이터 및 세탁기가 생산되었으니 자재과 업무도 바쁘게 돌아가고 있었다.

야! 재미있다.

생전 처음 이런 직무교육을 공짜로 받으면서 더 나아가 월급까지 받다니…. 신바람 나지 아니한가? 이렇게 보면 기업은 월급을 받으며 다니는 배움의 대학 아닌가? 힘들다고 생각하면 힘들 것이고, 매일매일 공짜로 배우고 익혀, 내 사회생활에 피가 되고 살이 된다고 생각하면 얼마나 감사하고 다행스러운 일인가? 창업을 하든 직장에 들어가든 기본적으로 내 적성과 능력에 맞추는 것이 좋을 것이고, 내가 왜 여기 와 있는지, 조직에서 요구하는 내 책무가 무엇인가를 먼저 성찰해 볼 필요가 있지만, 솔직히 내 적성에 꼭 맞는 직장과 직책이란 거의 없다고 생각한다. 힘겨운 일이라는 생각보다는 내 생활의 일부로서 즐겁게 일한다는 생각이 든다면 그것이 긍정이요, 삶의 활력을 넘치게 하는 것이다. 즉 내가 호기심을 갖고 파고들어 적응해 나가고 열정으로 개척하면 모두 내 것이 될 수 있다. 그 열쇠는 일에 대한 흥미와 몰입이다. 모든 것이 내 마음먹기에 달려 있지 아니한가?

토머스 에디슨은 이렇게 말했다. "나는 평생 단 하루도 일을 하지 않았다. 그것은 모두 재미있는 놀이였다" 요것이 일에 대한 철학이다. S사의 어느 사장은 다음과 같이 말했다. "나는 신입사원 시절부터 사장을 꿈꿔 왔고, 그래서 사장이 됐다. 회사에 출근하고 싶어 새벽 2시, 3시, 4시에 잠에서 깨어났다. 일이 좋고 일을 사랑했기 때문에 직장에 출근하는 것이 너무나 자랑스럽고 보람 있었다. 한때는 빨간 날을 싫어했다. 365일 하루도 쉬지 않고 출근한 게 아마도 4년은 넘을 것이다."

"감사하기 시작하자 천국이 펼쳐졌다. 세상은 감사하는 자의 것이다. 감사해야 할 것에 제대로 감사를 표하고 쉽게 감사할 수 없는 것(슬픔. 역경 등)에도 기꺼이 감사할 때 인생은 분명 천국이 된다"
–오프라 윈프리–

본인이 선택한 직장에 우선 감사하고, 동료와 선배들에게 배우고 협력하는 회사생활의 본분을 마음속에 새겨서 조직의 성과에 기여함으로써 나도 함께 성장하는 것이다. 감사하는 사람들이 그렇지 않은 사람들보다 각자의 목표 달성에서 20% 정도 더 진전을 보이며 더 열심히 노력한다고 한다. 다시 말하면 직장과 인생에서 성공하기 위해 '내가 왜 여기에 와 있지? 왜 이 일을 하는가? 누구(나)를 위해? 무엇(타인/국가)을 위해, 일할 것인가? 어떤 삶을 살 것인가?'를 직장에서 또는 인생에서 회의가 들 때마다 자문하여 답을 갖추면 삶의 방향이 좀 더 확고하게 잡힐 것이다. 이왕에 인생역정 속에서 보람을 찾고 성공하여 행복을 누리는 것이라면 즐겁게 일하고 항상 감사한 마음으로 살자.

　그날 퇴근시간 후 과장님께서 신입사원 환영회를 해 주신다기에 온천장에 있는 어느 주점으로 따라나섰다. 과장님을 중심으로 탁자에 둘러앉아 막걸리와 소주 그리고 몇 가지 안주를 주문하였고 여자사원은 막걸리, 남자사원은 소주로 시작하여 "신입생을 위하여"를 외치며 첫 잔을 비웠다. 술 몇 잔이 돌아가더니 자연스레 노래가 터졌고 가락에 맞추어 숟가락 장단이 등장하니 에그! 나무 탁자라 이미 흠집이 많이 나 있었으나 오는 사람마다 이렇게 두들겨 패니 이제 더 큰 흠집이 생길까 엉뚱한 걱정이다. 술잔이 돌고 분위기가 화기애애해지자 노랫소리는 합창으로 번지고 술 실력 없는 나는 멋모르고 덩달아 마신다.

　나는 시골에서 농사와 과수원 운영경험이 있어 탁주나 막걸리는 좀 마실 기회가 있었지만 술이 몸에 맞지 않는 체질이라 마셨다 하면 특히 머리가 아프고 가려워 자면서 머리를 박박 긁기도 하는데 난생 처음으로 선배들의 권유로 소주란 걸 요령 없이 연거푸 받아 마셨으니… 빙빙 도는 세상에 몸은 공중에 뜨는 기분이고 나중에는 어지러워 길~게 뻗은 모양인데 어떻게 집에 왔는지 기억이 없다. 집에 와서 다 토하고는 정신없이 잠이 들

제1장

었고 아침에 일어나니 머리가 깨질 듯 아프고 어지러워 냉수만
한 사발 마시고는 겨우 출근했던 신입사원의 호된 신고식이 새
삼 기억에 남는다.

4
친구의 결혼과 밑천도 못 건진
"함진아비" 노릇

어느 따스한 봄날 자재과 동료인 김ㅊ용 씨로부터 "함진아비" 제안을 받았다.

나도 총각시절이니 함진아비가 무엇인지, 어떻게 해야 하는지 모른다고 하니까

그냥 준비된 함을 지고 자기와 함께 신부 집에 가면 된단다.

신부 될 여자의 집이 어딘데? 하니까 전남 해남군 쪽 시골마을이란다.

뭐 나쁠 게 없다 생각하고 경험 삼아 함을 지고 함께 버스를 타고 비포장도로를 달려 터미널에 도착하였다.

그런데 남아있는 길이 너무 멀고 시골길이고 마을버스도 없던 시절이라 10여 리 길을

걸어가자니 어깨도 아프고 배도 고프고….

겨우 신부 집 근처에 도착하여 좀 얻어들은 대로 "함 사시요" 하고 몇 번 소리치니

신부 집 가족이 우루루 나와 반기며 끌고 들어가는 바람에

용돈도 못 건지고 항복하였으니…

아~ 아깝도다.

지금 같으면 두둑하게 함값을 받았을 터인데, 그 대신 상다리가 휠 정도의 푸짐한 성찬을 받았는데 그중에서 하이라이트는 단연 싱싱한 생선회였지요.

그런데 생선회 맛을 제대로 모르는 감자바위 나에게는 그림의 떡이었던 아쉬운 기억이 남아 있습니다.

김ㅊ용 씨! 이 친구! 지금 어디서 무엇을 하고 있을까? 보고 싶다.

"함"은 전통혼례의 절차 가운데 하나다.

함은 단순히 신랑 친구들이 신부 측에 가서 먹고 마시며 결혼식의 전야제처럼 분위기에 들뜨는 것이 아니다. 본래 '함'은 신랑 집에서 신부 집에 결혼을 허락한 것에 대한 고마움을 예로

서 올린다는 뜻의 혼서지와 음양 결합을 뜻하는 청홍 비단, 신부를 위한 예물을 넣어 보낸 것을 말한다.

함에 들어 있는 혼서는 여자로서 한 남편만을 섬기며 살라는 일부종사의 절개를 상징하는 것으로, 신부가 죽을 때 관에 넣어 함께 묻을 만큼 중요한 의미를 지닌다. 과거에는 혼인서약서와 성혼선언문 등이 지금처럼 따로 있지 않았으니 세상에 이것만큼 부부에게 중요한 것이 없었다. 혼인이 성사되었다는 것을 보여주는 유일한 서류였으니 말이다.

우리 어머님 세대만 해도 이 혼서지를 어찌나 중히 여겼는지, 장롱 서랍 깊숙이 보관하고 이사를 갈 때는 가장 먼저 챙기고 돌아가실 때는 무덤에까지 함께 넣어 가셨다.

함을 한마디로 정의하자면 '서신으로 교환하는 양가의 결혼 합의'라고 보면 된다.

요즘은 함진아비를 신랑의 친구가 많이 하지만 원래는 신랑의 친척 중 결혼해 아들을 둔 사람 중에 부부간 금슬이 좋고 성실한 사람을 골라서 함진아비로 삼는 것이 원칙이다.

함진아비가 함을 지고 신부 집으로 떠나기 전에 먼저 신랑의 부모님께 '잘 전하고 오겠습니다'라고 인사하면 신랑의 어머니는 함진아비에게

'함진아비는 뒷걸음치지 말 것, 함을 절대로 아무 데서나 내려놓지 말 것, 함진아비는 절대로 잡담하지 않도록 할 것'을 꼭 당부한다.

함께 가는 청사초롱은 좌우로 앞서 새 인생의 길을 밝히고, 다음으로 기럭아비가, 그 뒤를 이어 탈을 쓴 함진아비가, 그 뒤를 나머지 사람들이 따른다. 이때 기럭아비가 들고 가는 기러기(기러기는 일부종사를 의미)는 쌍이 아니라 홍실을 단 한 마리여야 하며, 이는 신랑을 상징한다.

함을 받을 때는 반드시 격식을 갖춰야 한다. 돗자리를 깔고 병풍을 치고 함을 받는데, 상 위에 붉은 보를 깔아 함을 놓을 수 있도록 준비한다. 함 받는 자리에 신부가 나와서는 안 되고 신부의 아버지와 어머니만 나와 있는데, 이때 장인과 장모의 위치는 방위에 관계없이 남좌여우로 여자가 남자의 오른쪽에 앉는다. 이는 폐백 때도 마찬가지이다.

출처 : 웨딩21(http://www.wedding21.co.kr)

근래에는 이 미풍양속이 많이 변질되어 살림이 넉넉한 집의 규수는 술값을 더 많이 챙기려는 신랑 쪽의 짓궂은 함진아비 때문에 고역을 치르는 경우가 많아 안타깝기도 하다.

4
하숙집과
연탄가스 중독사고

나는 금성사에서 입사통지를 받고 학생 때 사용하던 책과 몇 가지 옷을 챙겨 홀로 부산으로 내려가 회사 가까이에 하숙집을 찾았다. 입사 초기 기숙사가 없었던 때라 총각들은 대부분 회사에서 가까운 온천장을 중심으로 친구 두세 사람이 함께 방을 얻어 합숙하거나 혼자 셋방살이를 시작하였는데 함께 모여 살다 보니 퇴근하거나 휴일이면 뭐 달리 즐길만한 놀이도 별로 없었던 시절이라 삼삼오오 화투나 트럼프 놀이를 즐겼다. 하지만 아침 8시부터 저녁 7~10시까지 거의 무제한으로 일하던 때라 업무에 지치면 귀가 즉시 손발을 씻는 둥 마는 둥 양치하고 나면 저녁 먹기 무섭게 쓰러져 잠을 청하는 날이 더 많았다. 어쩌다 주말 특근이 없는 날이면 가까운 온천장에 가서 따스한 온천물에 피로를 풀고 맥주를 마시거나 가끔 안마에 몸을 맡겼으니 요것이 그나마 한 주의 스트레스를 풀고 다음 주를 기약하는 재미였다는 것을 요새 사람들은 잘 모를 것이다.

나는 성격상 여러 사람과 잘 어울리지 못하여 따로 초가집에 하숙 방을 얻어 살았는데, 그 당시 방의 난방은 모두 연탄을 사용하던 때고 하루종일 비워둔 방이라 퇴근 후 저녁때만 집주인께서 씨 연탄(3/4만 타다 남은 연탄)을 넣어 방을 데워 주시다 보니 초저녁은 좀 춥고 늦은 밤이나 새벽이 되어서야 따뜻해졌다. 당시에는 모두들 그렇게 알뜰하게 살면서 생계를 이어갔으니 어쩔 수 없었지만 그 덕에 아침 양치질과 세수는 따스한 물에 할 수 있어 좋았던 기억이 남았다.

하루는 비가 내려 공기가 밑으로 가라앉아 구중중하였는데 아침에 일어나려고 하니 머리가 깨질 듯 아프고 어지러워 아무리 문을 열고 새 공기를 마시고 머리에 찬물을 부어도 깨어나질 않아 주인아저씨를 겨우 불러 연탄가스를 마신 것 같으니 택시를 불러달라고 했고 병원으로 실려가 3시간 만에 다행히 회복되어 깨어났으나 회사에 지각을 했던 기억이 생생하다. 하마

터면 고생 끝에 낙은 고사하고 총각딱지 붙은 채 황천길로 갈 뻔했으니 지금 생각해도 아찔하다. 더욱이 당시 입사동기생 한 분도 청춘의 큰 꿈을 펴보지도 못하고 연탄가스로 희생되었으니 이 얼마나 허망하며 안타까운 죽음인가. 난 그래도 그 위기를 극복한 덕에 지각은 몇 번 있었지만 금성사 17년 동안 출장을 제외하면 결근 없이 개근을 하였으니 근면과 열정의 산물이 아닌가 나 자신도 놀라울 뿐이다.

그런 연탄가스 사고 경험을 해보지 않은 사람은 그 고통을 이해할 수 없을 것이며 당시 연탄은 가정이나 식당 등 일상생활의 필수품으로서 산림보호를 위한 어쩔 수 없는 선택이었지만 주로 선량한 서민들이 밀폐된 좁은 공간에서 잠자며 쉬다가 많은 희생자가 발생하면서 매일 각종 방송과 신문지상을 메웠으니 이 또한 우리 세대의 고통이자 악몽이라 할 수 있다. 당시 1982년 5월 경향신문에는 28년간 연탄가스 희생자가 무려 6만 명에 달하고 그 후유증을 겪는 자가 294만 명이라고 보도된 바 있다.

국민의 이 아픔을 극복하기 위하여 1973년 당시 박정희 대통령께서는 왜 연탄가스로 죽느냐를 조사하지 말고 안 죽는 방법을 찾아보라고 배순훈 카이스트 교수에게 야단을 쳐서 탄생한 것이 "새마을 보일러"다. 구들을 대신하여 물을 순환하는 방식이며 그의 애민사상 덕분에 가스중독은 많이 잦아들었다. "민주주의는 투쟁으로 쟁취하는 것이 아니라 빵을 먹고 자라나는 것이다"

입사동기의 야유회 사진

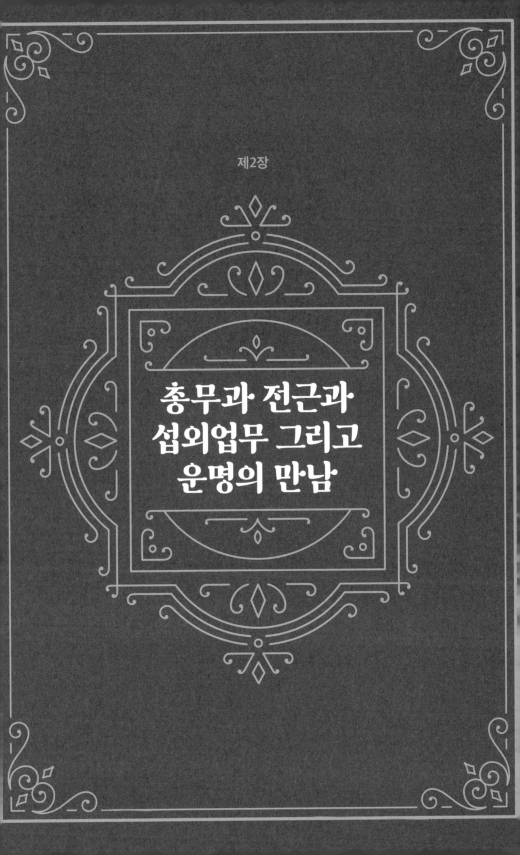

제2장

총무과 전근과 섭외업무 그리고 운명의 만남

1
관공서 섭외 업무와 스트레스

　총무과의 섭외 담당자가 갑자기 서울로 발령을 받아 올라가는 바람에 나도 갑자기 자재과에서 총무과로 직무가 이동되었다. 그 선배는 하루가 급하다고 업무인계인수를 하루 만에 해치우고 서울로 떠나갔다. 내가 맡은 섭외업무란 한마디로 대 관청업무인데 주로 지금의 주민센터/구청/시청/도청 그리고 법원/경찰서/소방서 관련 업무와 일부 임원들의 가사(家事) 업무가 약간 포함된다. 선배는 이 많은 관장업무 인계를 마치 유행가 가사처럼 하루종일 같이 주민센터 찍고, 구청 찍고, 시청/도청 찍고 잠시 점심 먹고는 법원-경찰서-소방서를 경유하면서 각 담당자와 인사시키며 여기서는 회사와 관련된 업무가 무엇이고 우리가 필요한 것이 무엇이다 식으로 넘기고는 서울사무소로 가버렸다.

선배의 인계인수 교육과 지시가 뭐 이래? 당시에는 선후배 관계가 엄격한지라 선배한테 꼬치꼬치 물을 수도, 불평을 할 수도 없이 그냥 "네 알았습니다" 했지만 사회 초년생으로서 하루 만에 이해하고 배우기에는 역부족이었다. 아이구야! 이 많은 일을 어쩐담? 하면서 받아온 명함을 정리하고 과장님께 하나하나 물으며 공부를 하였지만 대외섭외를 직접 해본 경험이 없는 과장님인지라 할 수 없이 명함을 보고 각각의 관공서마다 해야 할 업무를 표로 만들어 정리해 보았다. 그다음날 정리된 표를 들고 공장에서 걸어서 갈 수 있는 가까운 동사무소와 동래경찰서 코스부터 시작하여 시내버스를 타야 할 제일 먼 위치에 있는 대신동 법원/검찰청까지 한 번씩 재방문하고 할 일을 정리하고 나니 한숨이 절로 나온다. 왜냐하면 난 그때 겨우 신입사원 티를 벗어났지만 대외적으로 그렇게 각계각층의 관공서 사람들을 만나 일해 본 적이 없고, 더욱이 내성적 성격이라 소통과 설득이 문제일 수밖에 없었다. 더구나 회사에서 필요한 서류나 증명서 또는 회사등본/인감 등은 당일치기로 발급받아 서울로 보내야 하니, 가까운 동래구에서는 문제가 없지만 시청이나 법원업무는 시내까지 버스를 타고 가면 30~40분 소요되므로 정상적으로 업무를 본다 해도 관공서의 결재시스템이나 업무스타일로 볼 때 제시간에 발급받아 회사로 복귀하기가 어려웠다. 특히 하루에 한 번 서울 본사로 떠나는 우편행낭이 나만을 위한 것이 아니라 회사 전체의 통신문을 모아 떠나니 그것을 놓치면 개별로 빠른 등기로 보내고는 허탈한 심정으로 힘없이 귀가하던 기억이 아련하다.

이런 업무로 거의 매일 시달리는데 다른 동료들이 볼 때에는 "매일 나가 바람 쐬면서 뭐가 힘들어" 하면서 농을 거는 사람도 있었지만 사실 그런 재미를 느끼려면 적어도 4~5개월은 체험해서 각 기관 공무원들과 친분을 교환하고 그들의 업무태도와 요령을 터득해야 가능한 일이지 신입사원 입장에서는 거의 매일 나가고.. 버스 타고… 머리 숙여 상냥하게 웃어주며… 연신 굽신 거리고… 심지어 국장실 여비서에게도 아양을 떨어야 하니 이건 젊고 혈기왕성한 사내로서 즐거울 리 없고 자존심만 상하는 일이지만 가만히 생각해 보니 재미도 있어 보였다. 즉 답답한 사무실보다 바람도 쐬고 사내 식당과 달리 좋아하는 음식도 사 먹을 수 있고, 또한 매일 새로운 일을 배우고 경험하며 여러 부서의 사람들을 사귀는 맛에 참고 돌아다니면서도 이것이

후에 인맥이 되어 내 인생에 큰 자산이 될 것이라는 것을 당시에는 미처 몰라 후회스럽다.

이렇게 매일 매일 바쁘게 여러 곳을 돌면서 챙기다 보니 평생 동안 괴로운 지병을 하나 얻게 되었는데 그때는 여름이라 마감 시간에 쫓기어 한 바퀴 돌아다니다 보면 뜨거운 태양 빛과 무더위로 인하여 온몸이 땀 범벅이 되고 업무스트레스가 겹쳐 속이 활활 타오르게 되니 자연스럽게 냉수와 얼음과자를 달고 살았다. 더욱이 점심은 냉면에 얼음을 듬뿍 넣어 시원하게 먹어 치웠으니 뱃속이 편할 날이 없었다. 사실 이제마 선생의 4상체질로 보면 소음인 체질이라 냉장고형이니 몸을 따뜻하게 보해야 되는데 그 반대의 처방을 한 셈이다.

그 덕분에 사회생활 40년간 이후 지금까지 툭하면 설사를 하다 보니 살이 붙을 리가 없었다. 보기 딱하니 결혼 후 집사람이 살을 좀 찌우려고 평생 조력을 했지만…. 또 업무차 분위기 맞추려고 찬 맥주나 소주 좀 마시다 보면 저녁때는 설사약을 먹지 않으면 꼭 전쟁을 치러야 했다. 이런 연유로 해서 스트레스가 쌓이다 보니, 섭외업무 담당 한 달 만에 화병이 나서 희성장(이때 총각 사원들을 위한 기숙사가 공장 뒤편 금정산 입구에 준공됨)에 길게 뻗어 눕게 돼 버린 것이다. 이렇게 누워 하루를 쉬면서 곰곰이 생각해 보니 무언가 잘못된 업무 관행이 있지 않나 싶어서 거의 한 달간 집행한 업무를 되새겨 보았다.

'도대체 왜 나를 이렇게 힘들게 하지?'

무엇이 잘못된 것인가 추려보니… 회사 직인이나 인감을 정자(正字)로 찍어오지 않아서 퇴짜, 날짜가 틀렸거나 흐릿하다고 퇴짜, 서류 미비라고 퇴짜, 과장이 안 계신다, 국장이 안 계신다, 기다려라… 대기… 대기… 뭐 그대로 해줘도 증명으로서의 하자가 없는데… 기가 막혀서 원… 이렇게 퇴짜를 당하면 온천동 회사로 버스 타고 돌아와 다시 만들어 가기를 여러 번 하니 화가 나겠는가? 안 나겠는가? 그렇게 해서 며칠을 시청에 안 가고 대신 다른 직원을 보내니 담당직원이 물어 보더란다. "박 씨는 어디 가고 다른 직원이 왔느냐?" 그래서 여기 다니기가 힘들어 병들어 누웠다고 했더니 웃으면서 그 친구 너무 순박하고 고지식해서 탈이야 하더라는 말을 들었다.
그 이후 주말이 되어 희성장에서 쉬고 있는데 담당 시청직원이 꽃을 사 들고 병문안을 왔다. 그래 너무 반가워 어쩐 일로 예까지 왔느냐 물으니 병문안 겸 상의할 일이 있다 하길래 그럼 내 업무와 연관해서 무엇이 잘못되었는지 속 시원하게 다 말해 달라고 했다. 그랬더니 공무원생활의 애환을 얘기해 주면서 자기가 그 과의 주무로서 자기 부서의 회식이라든지, 다른 곳에서 자기 부서에 출장 온 사람의 숙식 및 접대라든지, 윗사람 출장 등 비용 문제로 고민이 많은데 가장 큰 금성사가 순진한 신입사원 때문에 걸림돌이 된다는 것이었다. 당시의 공무원 급료로는 생활이 빠듯하고 별도의 기밀비 예산도 없고 기업체의 지원이 일종의 관행이던 시절이니 기업체의 신세를 질 수밖에 없었다는 것이다. 그런데 왜 아무 말 없이 계속 골탕을 먹었냐 했더니 신입사원이라 사람이 너무 고지식해서 차마 공무원 사회의 애환 이야기 즉, 자기들 접객비용과 같은 얘기를 꺼낼 수가 없었다고 하는 것이었다.

그럼 이제 알았다. "이제부터는 트집 잡지 말고 무비자 통과로 합시다. 하! 하! 하!" 그렇게 합의 아닌 합의를 했으니 점심이나 먹고 가라고 회사 정문 옆 중국집으로 가서 맛있는 자장면과 탕수육을 함께 배불리 먹었다. 이 중국음식점은 주인장이 중국인은 아닌데 자장면을 아주 맛있게 만들어 주어 입맛이 없을 때나 동료 직원들이 간단한 회식을 할 때면 자주 찾았던 기억이 남아있다. 그다음부터는 동래 찍고, 경찰서 찍고, 시청 찍고, 법원 찍고, 돌아오며 맡겼던 서류를 걷어 오게 되니 신이 났다. 이렇게 해서 또 세상 살아가는 법을 배울 수 있었고 새로운 업무 경험을 쌓게 되었다. 이것 또한 감사!

여기서 우리가 살아가는 데 도움이 되는 카일 메이나드의 명언을 소개한다.

"세상사 인생을 살다 보면 알게 된다. 풀리는 날보다 안 풀리는 날이 몇백 배는 더 많다는 것을. 나를 응원하는 사람보다 비아냥대는 사람이 몇십 배는 많다는 것을. 죽을 고비를 넘기는 게 한두 번이 아니라는 것을, 질 것을 알면서도 뛰어들어야 한다는 것을, 무엇보다 오늘 행복을 안겨준 것이 내일은 아닐 수 있다는 것을, 그럴 때는 간단하다. 처음부터 다시 추구하면 된다."

창의적인 사람들은 돈이나 명예가 아니라 단지 좋아서 일을 할 따름이라고 한다. 이것이 바로 내적 동기다. 내적 동기가 충만한 활동에서 아이디어와 성과가 나올 가능성이 높다고 한다. 또한 일터는 주인정신과 긍정정신으로 살아가는 사람에겐 언제나 축제의 장소이며, 내가 궁극적으로 희망하는 꿈을 이루는 터전이 된다. 직업은 어쩔 수 없이 할 수밖에 없는 직무도 아니고, 일부 경제적 이익이나 무엇인가를 달성하기 위한 수단이 되기도 하지만 사람으로 태어난 이상 나와 다른 사람을 행복하게 해야 할 소명이 바로 직업인 것이다.

소명의식으로 자신의 일을 생각하는 사람은 언제나 일터로 소풍을 가는 것과 같다. 요즘처럼 일손이 많이 부족한데, 일에 대하여 많은 이유와 핑계를 만들고 편안한 일자리만 찾으면서 늦게까지 부모신세(은둔/방콕세대)를 지고 있는 젊은이가 많은 것은 바람직스러운 자세는 아니라고 생각된다. 자립정신과 가정훈육이 빠진 자식사랑과 자유방임은 본인은 물론 사회를 병들게 한다.

"수많은 싸움과 셀 수 없는 패배 끝에 성공할 수 있다는 점에서 장애물은 필수적이다. 싸움과 패배는 당신의 실력과 힘을 강화시키고, 용기와 인내력을 키우며, 능력과 자신감을 높일 것이다. 한마디로, 모든 장애는 당신을 발전시키는 동지이다."

- 오그 만디노-

희성장에서 한가한 한때

2
섭외 업무와
운명의 만남

관공서 업무를 하다 보면

자연스럽게 해당 부서의 국장이나 부시장 그리고 시장의 결재를 받아야 되니

빠른 결재를 받으려면 어여쁜 여비서들을 잘 사귀는 것이 중요한 사실임을 알게 되었다. 매일 쌓이는 수많은 결재서류 속에서 내 것이 맨 밑에 놓이면 결제하시다 회의나 점심시간으로 늦어지면 하루 일과를 망치기 일쑤였다. 그래서 꾀를 내어 비서들에게 좋은 영화가 들어오면 표를 몇 장 예매해서 준다든지, 간단한 화장품이나 구두 표를 구매해서 주었더니 효과가 100%였다.

물론 구정이나 추석 때도 빠짐없이 배려를 했다.

그때부터는 온천장 경찰서부터 시청, 법원까지 받아야 할 서류나 증명서를 맡겨 쭉~ 깔아놓고서, 회사로 돌아오면서 걷어오는 식으로 손쉽게 업무를 능률적으로 해치웠다.

이때 깨달은 사실은 새로운 부서로 발령 시 직원이든 간부든 반드시 업무인수인계서를 작성하고 문제해결 Know How까지 가르쳐 주도록 표준화해서 꼭 실천하는 것이다.

이런 인연으로 해서 시청을 자주 출입하다 보니 중요서류가 대부분 부시장 선에서 전결되는 것이 많아 그곳 여비서를 자주 만나게 되었다. 그래서 함께 영화도 보고 저녁도 먹으면서 연애가 시작된 것이다. 키도 160이 넘고 조금은 노랑머리에다가 살결도 곱고 특히 마음씨가 고우니 열정이 타오를 수밖에 없었다.

나 또한 젊은 혈기의 총각으로서 혼자 살고 있을 때고 세상에 태어나 처음으로 사랑하는 이성을 만났으니 하루하루가 신이 났다.

1년이 넘는 열애 끝에 회성장에서 결혼식을 올렸는데, 그때는 새마을 운동이 한창인 시기로서 관공서나 회사의 강당 또는 교회에서 결혼식을 치르도록 정부가 장려하던 때라, 총각들의 독신료 "회성장"의 강당에서 최초로 직장동료들과 회사 간부들의 입회하에 부산시장의 주례로 결혼식을 거행하였다. 그때 결혼식 사진촬영도 광고부서 동료들이 나와 무료로 수고해 주었는데 결혼사진이 흑백이고 조명 탓인지 별로 신통치 않아서 지금까지도 사진을 볼 때마다 마누라의 질책과 아쉬움이 공존하고 있다.

이렇게 대세에 따라 실리를 챙기다 보니 결혼비용은 절약이 되었지만 화려한 결혼식을 선호하는 여성의 심리를 무시하고 실리와 바꾼 것이 지금까지도 집사람에게 항상 미안한 생각이

가족여행 모습

제2장

들곤 한다.

이제 어느새 80이 넘어 인생의 초겨울이 되니 회한보다는 둘이서 정말로 앞만 보고 건강하게 열심히 살아온 덕분에 두 자녀들도 독립하여 딸은 한국에서, 아들은 미국에서 성공적으로 잘 살고 있고 우리 또한 건강 누리며 반 백 년이 넘게 해로하며 살고 있으니 그저 한없이 감사할 따름이다. 더욱이 80이 넘은 나이에 그간 대기업 임원과 중소기업의 CEO를 비롯하여 중소기업 컨설팅 경험을 기반으로 책을 두 권이나 출판하였으니 여한이 없고 지금도 쉬지 않고 자판을 두드려 이 회고록을 작성하면서 가끔 중소기업 상담도 해주고 몇 가지 자격증도(경영지도사/사업정리지도사 등) 취득하며 평생교육생으로 소일하고 있다. 그중 한 권은 IMF로 부도난 부산의 중견 전기회사의 경영을 맡아 1년 반 만에 원상으로 회복시킨 경영서적이고('도산회사 살리기') 다른 한 권은 11살 때 6.25전쟁을 몸소 겪었던 기억을 더듬어 '11살의 난중일기'라는 책을 출판하였으니 가을에 풍성한 수확을 거둔 농부의 기분이다.

여러분도 이제 100세 시대를 살아가려면 현재를 열정적으로 살면서 한편으로는 미래에 대한 투자와 경제적 독립을 위한 근검절약을 생활화해야 노후를 즐겁고 행복하게 살 수 있으며 회사에서는 물론 군대생활을 비롯하여 모든 사화생활 속에서 체험하는 희로애락과 추억을 메모해 두시면 은퇴 후에 여유 있게 살면서 필생의 기념작품을 남길 수 있음을 잊지 말아야 할 것입니다.

저자의 출간도서 『도산회사 살리기』 『열한 살의 난중일기』

3
전국 및 국제기능 올림픽
대회 출전

    내가 총무과로 전근하여 섭외업무 담당자로서 관공서 인허가 및 섭외업무를 하면서 추가적으로 전국기능올림픽 때 당사의 참가선수단을 인솔하여 큰 성과를 이룩하였던 역사를 기록하지 않을 수 없다.

    우리나라의 국제기능올림픽 출전은 다음과 같은 과정을 거쳐 탄생하게 되었다. 즉 1965년 유럽을 순방하며 국제기능올림픽대회의 중요성과 가치를 깨달은 김종필 민주공화당 의장은, 우리나라에서도 이와 같은 대회를 개최하고 국제기능올림픽대회에 기능청소년을 참여시킴으로써 기능 습득 의욕을 북돋우고 국가 근대화 작업에 동참할 수 있는 동기를 부여하겠다는 계획을 세우게 되었다. 이후 1966년 네덜란드에서 열린 제15회 국제기능올림픽대회에 참관인단을 파견하여 회원국 기능선수들의 실력 수준을 눈으로 직접 확인한 우리나라는 이 대회가 입상선수들의 지위향상 및 산업사회에 미치는 영향이 크다는 것을 인식하고 마침내 국제기능올림픽대회 회원국으로 가입할 것을 결정하였다.

그 후 정부는 이 계획을 적극적으로 추진하였고 이러한 배경에서 1966년 1월 '사단법인 국제기능올림픽대회 한국위원회'가 설립되었다. 이후 1982년 3월 노동부 산하 한국직업훈련관리공단(이후 한국산업인력공단으로 명칭 변경)이 발족되면서 한국위원회는 이 공단에 발전적으로 통합 흡수되었고, 현재는 한국산업인력공단 이사장이 회장직을 겸하고 있다. 한국위원회는 1966년 2월 스페인 마드리드에 소재한 World Skills에 회원국 가입신청서를 제출하였고 World Skills의 전 회원국의 만장일치로 가입이 승인되었다. 이와 동시에 제16회 국제기능올림픽대회에 대비한 제반 사항의 토의 과정에서 8개 직종의 과제출제와 2개 직종에 대한 심사국으로 배정되는 성과도 거두었다. 한국이 동양권에서는 일본에 이어 두 번째로 정식회원국으로 가입한 것이다.

한국위원회는 1966년 9월 최초로 지방기능경기대회를 가졌
고, 같은 해 11월에는 제1회 전국기능경기대회를 거쳐서 국제
대회 파견선수를 선발하여 1967년 7월 스페인 마드리드에서 열
린 제16회 국제기능 올림픽 대회에 9명의 선수를 파견하였다.
지방기능경기대회는 지역 사회의 기능개발 보급과 기능 수준
의 향상을 도모하고 우수한 기능 소지자를 발굴·표창함으로
써 기능인의 사기 진작과 근로 의욕을 고취시키는 것을 목적으
로 한다.

기능올림픽 출전과 표창 사진(뒷줄 2번째가 필자)

1966년부터 매년 지방기능경기대회가 개최되어 2009년까지 44회가 열렸으며, 지방기능경기대회에 대한 관심이 증대하여 꾸준히 참가 인원이 증가하고 있다. 경기 분야는 크게 기계, 금속, 전기·전자·정보, 건축·목재, 공예, 미예로 나누며 각 분야별로 다시 세분된다.

여기서 내가 인솔한 전국기능경기대회는 1969~70년 2회이며 당사에서는 R/TV수리부문과 기계조립부문에서 금, 은, 동을 휩쓸어 기술의 상징 금성사를 증명해 보이는 쾌거를 이루었다. 1969년과 70년에는 정현구 군이 연속 금메달을 목에 걸었고, 특히 1969년 국제기능올림픽에서는 이원제가 동메달을 획득하여 국위를 선양한 바 있으며 기계조립부문도 1969년 전국대회에서 홍재춘이 금, 조영국이 은, 김성규가 동메달을 목에 걸었고 1970년 부산지방대회에서도 김철근이 금, 박태두가 은, 박수명이 동을 휩쓸었다. 그 밖에 목형, 밀링, 선반부문에서도 좋은 성적을 거둔 바 있다.

지방기능경기대회 1~3위(금·은·동메달) 입상자에게는 상장 및 메달, 상금이 수여되며, 같은 해 열리는 전국기능경기대회 출전 자격이 주어진다. 해당 직종에 한해 국가기술자격 기능사 시험도 면제받을 수 있다고 한다. 전국기능경기대회 입상자 역시 상장, 메달, 상금을 받게 되며, 그중 1~2위 입상자에게는 국제기능 올림픽 국가대표 선발전 참가 자격이 부여된다. 꿈의 대회인 국 제기능올림픽에서 입상자에게는 대회 주관기관인 월드 스킬스 인터내셔널(World Skills International)에서 메달과 상장이 수여되고, 메달에 따라 국가에서 지급하는 상금과 산업훈장을 받게 된다. 또한, 입상 후 동일 분야에 1년 이상 종사하는 경우에는 매년 1 회 기능장려금이 지원되고 1위 입상 후 대학에 진학하는 경우 에는 장학금이 지급된다. 해당 분야에 한해 국가기술자격 시험 도 면제되며, 남자의 경우 병역 대체복무도 가능하다.

이상과 같은 결과, 즉 국제기능올림픽 제패로 금성사는 명실 상부한 "기술의 상징"으로 명성을 날렸고 국민 뇌리에 각인되 었다고 볼 수 있을 것이다.

4

새마을 운동과
근면/자조/협동사업

이제 우리가 회사생활에 길들여지고 활기찬 내일을 위한 희망을 하나씩 가꾸어갈 즈음 우리나라에 획기적인 전환점이 될 국가적 계몽운동 즉 새마을 운동이 시작되었다.

"그 시대를 함께한 독자 여러분! 새벽종이 울렸네 새 아침이 밝았네 / 너도 나도 일어나 새마을을 가꾸세… 새마을 노래의 첫 구절을 기억하십니까?"

1970년 4월에 당시 고 박정희 대통령께서 전국지방장관회의에서 새마을 가꾸기 운동을 거론하시고 동년 5~6월에 구체적인 방안이 마련되어 전개된 농촌 계몽 운동이며, 근면(勤勉), 자조(自助), 협동(協動)을 3대 정신으로 꼽았다. 새마을운동은 '우리 마을을 우리 힘으로 새롭게 바꾸어 보자'는 운동으로 농촌에서 불붙기 시작했는데, 처음에는 초가집 없애기(지붕개량)/ 블록 담장으로 바꾸기/ 마을안길 넓히고 포장하기/ 다리놓기/ 농로(논밭으로 이어지는 길) 넓히기/ 공동빨래터 설치 등의 기초적인 환경개선사업을 하면서 정부가 시멘트 등 기본 자재를 지원해 주었다.

처음에는 각 농촌에서 긴가민가하면서 적극적인 모습을 보이지 않았는데, 스스로 움직이지 않으면 지원을 해주지 않았다. 이후 사업의 성과로 마을의 생활이 편리해지면서 아담하고 쾌적한 모습으로 변화되자 주민들이 솔선해서 참여하였다. 이에 그치지 않고 마을회관 건립/ 상수도 설치/소 하천 정비/ 복합영농 추진/ 축산 / 특용작물 재배 등을 통해 70년대 중반에는 농가소득이 도시 근로자 소득수준으로 향상됨으로써, 농촌 주민에게 '하면 된다'는 의식과 성취동기를 부여하여 생기가 넘치는 농촌이 조성되었다. 이때 유실수를 많이 심도록 장려했는데, 가로수도 유실수, 야산에도 유실수, 특히 밤나무를 많이 심어 지금까지도 밤으로 만든 과자며 음식을 많이 즐길 수 있게 되었다.

이처럼 새마을운동이 농촌에서 어느 정도 성공을 거두자 1974년부터는 도시로 퍼져나갔다. 도시지역은 물론 직장과 공장 그리고 학교까지도 새마을 깃발이 날리고 분야별로 아래와 같은 일거리를 만들어 실천에 옮겨 나갔다. 도시지역에서는 반상회가 활성화되어 이웃 알기와 새마을대청소(내 집 앞 내가 쓸기), 저축하기와 거리질서 캠페인을 전개하였고 직장과 공장에서는 건전한 직장분위기 조성운동으로 시작되어 새마을분임조 활동을 통한 생산성 향상과 물자절약, 노사관계 정립에 중점을 두었으며, 학교에서는 인사 잘하기, 부모 공경하기 등 예절교육을 실시해 나갔다. 지금 와서 생각해 보니 전 세계적으로 확산되

고 있는 기업의 ESG활동이 그때 시작된 느낌이며 위대한 지도
자의 선각자적 정책이었구나 하고 감탄을 금할 수 없다.

이와 때를 같이하여 우리 총무과에서는 공장 화단 가꾸기를
비롯하여 자기구역의 정리정돈은 물론 청소하기 등을 실시하
여 깨끗하고 아름다운 내 직장 가꾸기를 추진해 나갔으며 점심
시간이나 주말을 이용하여 과. 부 대항 배구대회를 개최하여
동료들 간의 스트레스 해소는 물론 부서 간 소통을 원활히 하
면서 선의의 경쟁심을 조성하는 한편, 협동과 화합의 분위기를
만들어 나가기도 하였다. 이때 나는 총무과의 배구선수로서 맨
앞에서 가-드 역할을 했는데 네트 밑에서 너무 열정적으로 방
어하다가 상대방 선수가 높이 떠서 스매싱하며 내려오면서 내
발목을 밟는 바람에 골절이 되어 한 달 동안 치료하느라 벤치
신세가 된 기억이 새롭다.

◆"수료증. 제2935호.=위의 사람은 유신과업 수행을 위한 공
장 새마을 지도자반 소정의 과정을 마쳤으므로 이 수료증을 수
여함. 서기 1976년6월5일. 상공부장관 인"◆

한편 나도 새마을 연수원에서 새마을 교육을 의무적으로 받
았던 기억이 남아 있는데 이 과정에서 지금까지 몸에 밴 내 행

동철학은 근검절약이었다. 이를 통해 제일 크게 남은 기억은 치약을 콩알만큼만 짜서 이를 닦는 것이었고. 세숫물도 한 번만 세면기에 반쯤 채워서 쓰고, 비누도 한 번만 문질러 쓰곤 하였으니 가히 근검절약의 표준이라 할 것이다. 또한 기억 속에 남아있는 특별한 이벤트는 전 국민 쥐 잡기 운동인데 특히 학생들까지 의무적으로 쥐 잡기 목표량을 할당하다 보니 학생들이 책임량을 채우기 위하여 오징어 꼬리를 바닥에 문질러 새카맣게 고쳐서 학교에 제출하는 웃지 못할 추억도 남아 있다.

우리나라의 새마을운동은 세계에서도 상당히 높게 평가 받고 있는 고 박정희 대통령의 국가혁신 정책 중의 하나인데, 현재도 그 정신과 성취역사가 남아있고 후진 각국이 이를 본받아 도입해 가서 성공적으로 추진하고 있으며 우리정부도 적극 지원해 주고 있는 상황이다.

그러나 일부 국민들은 올챙이 적 생각 못 하고, 또한 정부는 정부대로 표를 의식해 공짜인심을 조장하고 흥청망청하다 보니 국민의 1/3이 비만/당뇨 등 성인병에 시달리고 있다는 통계도 있고 국가채무가 또한 위험 신호를 보이는데… 새마을운동의 기본 정신마저 점점 잊어가고 있으니 안타깝습니다. 이제 좀 정신을 차리고 그간 허물어진 사회적 병폐와 윤리, 도덕을 치유하기 위하여 다시 한번 전 국민 새마을교육을 실시합시다.

5

겁 없이 출발한
지리산 종주(縱走)

새마을 사업의 일환으로 총무과가 주관하는 각 부서별 대항 배구와 족구 그리고 테니스 시합도 개최하고 입사동기별 또는 부서별로 등산팀도 운영하였다. 그때 나는 총무과장과 함께 지리산 종주 등산에 겁 없이 참여하게 되었는데 가까운 금정산 정도는 다녔지만 그렇게 멀고 큰 산은 그때가 난생 처음이다.

그저 젊은 혈기와 군에서 익힌 행군 실력으로 덤벼들었으니 고생바가지를 사서 한들 누굴 원망하겠는가?

당시 추석휴무를 이용하여 1박 2일 일정으로 새벽에 부산서 출발하여 화엄사를 기점으로 노고단을 거쳐 삼도봉-토끼봉-연

하천-벽소령-칠성봉-촛대봉-장터목 휴게소에서 1박 그리고 천
왕봉-법계사-중산리 코스로 내려온 것으로 기억되는데 현재는
등산로가 좋아져서 무박코스로 14시간 만에 주파하는 등산상
품도 있다고 들었다.

아무튼 당시 처음부터 의욕만 앞섰지 준비가 허술하기 짝이
없었는데… 배낭만은 커다란 걸 준비했지만 고작 고어텍스 등
산복과 등산화를 제외하면-국방색 담요 1장, 양말 2개, 내의-우
비, 그리고 군용 건빵, 생수 큰 것 1병(그 당시는 山中의 개울물을 마셔
도 되었으니까)과 쌀과 김치 및 밑반찬+버너 등이 전부였다.

그래서 첫 번째 난관은 중간중간 배가 고파 간식이 필요한
데, 군용 건빵과 물만 마시는 상황이 되다 보니 힘에 부쳤고
두 번째는 대부분 등산로가 바위와 돌길이라 미끄럽고 위험
한데 양말은 겨울용이라 좀 두껍긴 해도 발바닥이 너무 아파왔
다. 양말에 비누칠을 하면 도움이 되는데 몰랐던 것이다.
또한 금방이라도 비가 쏟아질 것 같은 축축한 안개로 몇 번
이고 넘어질 뻔하였다.
세 번째는 중간에 점심을 지어 먹을 때 높은 산에서는 공기
가 부족하고 기온이 낮아 냄비 속의 밥이 쉽게 익지 않아 약간
꼬두밥을 먹고 말았는데 그래도 꿀맛이었다.

이런 곳에서는 무거운 돌을 냄비 위에 올려놓으면 도움이 된다고 한다.

네 번째는 대피소에서 하룻밤을 묵었는데 밤에 어찌나 추운지 담요 한 장으로는 사시나무 떨듯 웅크리고 뒤척이다가 비몽사몽 자고 나니 몸은 천근만근, 등산 경험자의 조언을 듣고 준비할 걸 후회가 막심하였다.

그래도 모두 사고 없이 돌아왔으니 얼마나 다행인가?

감사, 또 감사할 따름이지만 그 당시에는 뭐 선글라스나 선크림 같은 것은 생각지도 못했던 시절이라 그 여파로 훈장을 몇 개 달았는데 엄지발톱이 두 개나 빠지고, 입술은 까맣게 부어오르고, 얼굴과 귓바퀴마저 햇빛에 그을려 까마귀처럼 되면서 구렁이 껍질 벗듯 피부가 벗겨지는 몰골이 한 달 넘게 계속되는 아픔을 겪었다. 아마 연애 중인 연인이 있었다면 그 몰골이 험악하여 절교선언을 들었을 것이다.

이 과정에서 또다시 인생의 역경을 몸소 체험하면서 정신적으로나 육체적으로 성숙되고 강인해야 함을 깨닫는 기회를 얻은 셈이고 또한 한 팀이 서로 어떻게 협력하고 배려해야 하는지도 배우게 되었다.

지리산 정상에서

세상만사 힘을 들이고 고생해서 성취해야 가치 있고 소중한
나의 자산이 된다는 교훈인 셈이다.
이 또한 감사!

한번 그곳에 새겨진 시(詩)와 지리산 10경을 소개해 본다.

행여 반야봉 저녁노을을 품으려면 여인의 둔부를 스치는 유장한
바람으로 오고
피아골의 단풍을 만나려면 먼저 온몸이 달아오른 절정으로 오시라

그대는 나날이 변덕스럽지만 지리산은 변하면서도 언제나 첫 마음이니

행여 견딜 만 하다면 제발 오지 마시라.

(행여 지리산에 오시려거든/이원규)

쑥부쟁이와 구절초를, 구별하지 못하는 너하고, 이 들길을 여태 걸어왔다니

나여, 나는 지금부터 너하고 절교(絶交)다!

(무식한 놈/안도현)

♬ 지리(智異) 10경

1. 천왕일출(天王日出)

2. 반야낙조(般若落照)

3. 노고운해(老姑雲海)

4. 직전단풍((稷田丹楓)

5. 세석철쭉(細石躑躅)

6. 벽소명월(碧霄明月)

7. 불일폭포(佛日瀑布)

8. 연하선경(煙霞仙境)

9. 칠선계곡(七仙溪谷)

10. 섬진청류(蟾津淸流)

한 번에 다 돌아보기는 어려울 테고 세월 따라 철 따라 편하게 가 보고 싶다.

6
와~ 17채의 건축과
나의 보금자리

나는 섭외업무를 하면서 또 한 번의 역경과 행운을 동시에 잡았다.

그때는 대부분 외지에서 부산공장으로 부임한 직원들이라 총각들은 후에 "희성장"이라는 기숙사에서 살게 되었지만 결혼하신 분들은 대부분 셋방살이를 하였다. 그래서 총무과장과 나는 그때 한창 유행? 하던 주택은행 집 짓기 융자제도를 연구하고 자료를 수집하면서 땅을 물색하게 되었다.

그때 지원자는 나를 포함하여 17분이었으니…

좌청룡 우백호를 찾아라. 땅이 좀 넓어야 하고, 공장으로부터 가까워야 하며, 공기와 물이 맑은 곳이면 더욱 좋고, 물론 땅값도 저렴해야 하니 그 조건이 만만하지 않았는데 퇴근 후 틈 있을 때마다 발품을 팔며 복덕방을 찾아 다니기를 보름 만에 다행히 그 조건을 거의 만족시킬 수 있는 땅이 장전동 부산대 기숙사 근처에 있었다.

큼직한 바위가 드문드문 박혀있는 관리지역 임야로서 택지만 조성하면 바로 집을 지을 수가 있는 곳이며, 더욱이 땅 옆으로는 개울 물이 흘렀다.

나는 즉시 17명 회원들에게 알려 현지 방문을 주선하고

주택자금 마련을 협의한 결과 우선 땅값의 계약금 10%는 각

장전동 17채 집 짓기 전경

자가 준비하고, 나머지 땅값과 택지조성비 및 건축비를 포함하여 전체 140~150만 원 중 자력으로 가능한 자금을 제외하고 주택은행에서 70만 원을 융자받고 나머지는 회사의 지원(가불)을 추진하도록 기본안을 마련하였다.

당시 25평 정도 단독주택을 지으려면 150만 원 정도가 들었는데 지금 기준에서 보면 호랑이 담배 피던 시절의 이야기라고 할 수 있다.

아무튼 주택은행에서 그 절반을 융자해 주는 제도가 있어 이 계획을 총무담당 이사님께 설명 드리고 도움을 요청하였더니, 마침 주택은행에 가까운 친척이 임원으로 있으니 융자를 알선해 주시겠다고 하시기에 너무너무 기뻐 속으로 만세삼창을 불렀다. 이 기회를 이용하여 다시 한번 감사드리고 싶다.

한편 이 기쁜 소식을 회원들과 공유하면서 필요한 서류를 준비하도록 타이핑하여 회람시키고 난 후, 나와 총무과장(김종길)은 고난의 행군을 시작하게 된다.

특히 나는 땅 계약으로부터 형질변경-택지조성-건축허가-착공-준공-등기이전-납세 및 주택자금 융자신청-통장개설-입금확인-증빙 및 장부정리-결과보고까지, 실제로 발로 뛰고, 손으로 쓰고, 관공서에 왔다 갔다 굽실 굽실… 기본적으로 내 업무를 보면서 일과 후 그리고 토/일요일 할 것 없이 현장감독과 연출… 이 과정은 말로는 쉽지만 필설로 정리해도 소설이 되고도 남지 않을까 싶을 정도이다.

지금 생각해도 내가 참 대단한 일을 했구나 생각하면서 그때의 피곤하고 복잡한 심경을 회상해 보니 "공연히 고생은 나만 바가지로 하고 얻는 게 뭐야!"하면서 혼자 고민하기도 하였지만 다른 사람을 위하여 봉사해 주고 또한 돈 주고도 살 수 없는 새로운 건축지식과 경험을 터득하였다고 생각하니 그저 감사할 따름이다. 특히 세상에 태어나 내 힘으로 생전 처음 내 집을 짓는다고 생각하니 밤잠을 설쳐도 도무지 피곤함을 잊고 몰두한 일생일대의 사건이며, 이런 노력의 대가로 대지 90~100평에 건평 25평(주택은행 융자 기준)씩 17채를 무사히 완공하고 17명 각자에게 인계하게 되었으니 감개무량하고 감사하다.

그렇게 결혼 후 1년 만에 셋방살이 면하고 새집으로 이사하니 천하를 얻은 듯 행복하였다. 내 집이라 애착이 가니 쓸고, 닦고, 꽃과 나무도 심어 예쁘게 가꾸니 이웃집이 샘이 나서 담 너

머로 훔쳐보고 수군수군… 1년 후 귀여운 아들까지 점지해 주시니

아~ 이 또한 감사.

그래서 다시 깨달은 것은 "하면 된다" "하늘은 스스로 돕는 자를 돕는다" "뜻이 있으면 길도 있다" "부뚜막의 소금도 집어넣어야 짜다"는 진리이다.

그 후 모두 입주하여 함께 출근하면서 가정(家庭)사를 비롯하여 회사 일도 더욱더 협력하며 우의를 돈독하게 되었는데…. 아! 글쎄! 그 멤버들이 수고했다고 나와 총무과장에게 점심식사나 감사장이라도 줄 줄 알았는데 오히려 감시의 눈으로 콩고물이라도 혼자 꿀떡하지 않는가? 하고 의심의 눈초리로 보는 것이 아닌가? 세상 인심이 이렇게 박하다니….

그 과정을 한 번만이라도 상상해 본 사람이면 그렇게 생각하기는 어려울 것이다. 한 채도 아니고 17채를 지었는데 그 과정이 얼마나 복잡하고 고달프고 일이 많았을까? 그것도 일과시간 외에 잔업이나 특근을 인정해 주는 것도 아닌데…. 새삼 배신감마저 든다는 것은 어쩔 수 없는 인지상정이었다.

사실 총무과 시절은 내 사회생활의 실질적인 출발점으로서

섭외업부/결혼/지리산 등반/집 짓기 등 힘겨운 업무 등을 극복할 수 있었던 것은

당시 총무과장의 전폭적인 지원과 격려가 그 원동력이라고 생각하며

이 자리를 빌려 감사의 인사를 전합니다.

그런데 이와 유사한 배신이 또다시 발생하였으니 참 사람의 심리란 이해하기 곤란한 측면이 있고 사촌이 논 사면 배가 아프다는 속담도 진실인가 보다.

고교 때부터 의형제처럼 지내던 친구도 내가 자기보다 먼저 결혼하고 집까지 짓고 행복하게 사는 것을 보니 화도 나고 샘이 났던 것 같다. 그래서 술 마시고 와서는 입주 기념으로 장인께서 달아주신 대리석 문패를 산산조각 내버린 녀석이 있으니, 이것이 인간의 본성일지도 모른다는 생각도 들었다.

또한 내가 책을 출판하였더니 "와!~~ 수고했다. 축하한다" 하는 친구가 있는가 하면. "제까짓 놈이 뭘 책을 써." 하면서 삐딱하니 한번 읽어 봐 해도 손사래 치는 친구도 많으니 믿었던 도끼에 발등 찍힌 기분을 느끼게 되었다.

여하튼 집 짓기에 이렇게 지원해 주신 회사에 다시 한번 감

사드리는 바이다.

7

춤바람과
고스톱 이야기

첫째, 춤바람이란

춤으로 바람이 났다는 것이 아니고

총무과 시절 앞으로 사회생활을 원만하게 하자면 남자라면 적어도 기본적인 사교춤은 배워두어야 한다는 분위기가 싹트고 있었고 어느새 유행처럼 알게 모르게 배우는 직원들이 생기고 있었다.

그때 우리도 질세라 나와 과장 그리고 주변 친분이 두터운 몇 분이 함께 퇴근 후 춤 선생을 찾아 배우기 시작하였다.

그런데 배우기에 앞서 암암리에 우선 마누라한테는 비밀로

하고 다른 직원들에게도 비밀로 하기로 입을 모았다.

일반적으로 사교댄스란 블루스/지르박/트로트를 통틀어 말하고 있으며

기본적으로 이 세 가지는 배워야 한다고 하는데 남자는 좀 둔하여 3~5개월, 여자는 2개월 정도가 소요된다고 한다.

처음 시작은 지르박을, 그다음 블루스와 트로트를 배워야 쉽게 감을 잡을 수 있단다.

우리는 약 1개월 정도 리듬과 스텝 및 동작의 기초를 배운 후 용감하게 춤 선생의 안내로 무도장에 실습을 하러 갔다.

와!~ 희미한 불빛 아래 귀에 익은 밴드소리가 은은하게 울려 퍼지고

무도장을 거의 빈틈없이 춤꾼들이 꽉 채운 가운데 남녀가 부둥켜안고 빙빙 도는 게 아닌가?

어두운 불빛이라 누구인지 분간하기 어려우니 좀 안심은 되지만 혹시라도 친지나 아는 어른을 만날까 두려워하고 있는데…

춤 선생이 파트너(댄서)를 데리고 와서 짝을 맞추어 주었다.

초면에 서로 인사를 나눈 후 배운 대로 왼손은 어깨 위로, 바른손은 여자 파트너의 허리를 잡고는 그녀의 리드(초보니까)에

따라 생전 처음 춤을 추다 보니 다리가 후들후들 떨리면서 리듬과 스텝이 꼬여 파트너의 발을 마구 밟게 되고 따라서 리듬이 끊어지니 연속이 안 되고…

그렇게 자주 서서 애꿎진 발밑만 내려다보고 말았으니 첫 번째 출격은 실패로 끝난 셈이다.

그다음 2번째 출격은 춤 선생으로부터 사전에 숙달 교육을 마치고 주의사항을 듣고는 용감하게 춤을 추려고 와서 대기하고 있는 아줌마들과 추어 볼 기회를 가졌다.

우선은 배운 대로 먼저 인사를 하면서 손을 내밀어 함께 춤 출 의사가 있는지 확인하여 오케이 하면 격식을 갖추고 음악에 따라 내가 리드해 나아갔다.

그런데 시작하기 무섭게 파트너의 짙은 화장과 향수 냄새로 가슴이 콩닥콩닥 뛰면서 호흡곤란이 오고 더욱이 상대 파트너도 숨이 차 헐떡이는 소리가 내 귓전을 맴도니 춤을 계속 출 수가 없었다.

그래서 좀 쉬었다가 춤 선생 파트너와 바꾸어 추고 나서 그 사실을 물어보았더니 그녀가 코감기로 숨을 몰아쉰 것을 내가 공연히 오해하였던 모양이다. ㅎ. ㅎ. ㅎ

이렇게 시작한 춤바람은 그것으로 마지막을 고하고 말았으니 아쉬움만 남아있다.

우선은 매일 잔업을 해야 하는 바쁜 일정 속에 짬을 내기가 어렵게 되었고

그다음은 누군가 비밀협약을 깨고 집사람에게 흘려 탄로가 나면서 더 이상

교육받는다는 거짓말이 통하지 않았기 때문이다.

특히 회사직무가 총무과에서 제품과로 변경되면서 그런 모임이 아주 어렵게 되고 말았다.

댄스는 사실 우리나라 고유의 문화는 아니고

댄스가 정식으로 인정된 때는 해방 뒤 미군들이 파티를 하면서 빠르게 퍼져나갔는데 댄스홀 입장료는 500환 정도로 상당히 비쌌다. 1954년에 쌀 한 말 값이 250환이니 댄스홀에 한 번 출입하려면 쌀 두 말 값을 지불해야 하는데 돈 없는 여성들이 댄스홀에 가기는 사실 어려웠다.

따라서 아직 댄스를 문화로 즐길 만큼 여유롭지 못한 국민소득 수준에서 방임 내지 허용하는 것은 시기상조라 정부가 금지시켰으나 비밀장소에서만 명맥을 유지해 왔다.

특히 "국가 재건에 총력을 기울여야 할 사람들이 대낮에 춤

추는 것은 용서할 수 없는 일"이라며 댄스 금지는 1961년 5·16 군사쿠데타 뒤 더 강화됐다.

더욱이 그 시절 국가재건에 몰두하며 중동의 열사에서 남편들이 피땀 흘려 벌어 송금하는 돈으로 춤바람에 놀아나는 주부들이 늘어나 사회문제가 되었던 기억이 남아있다.

춤바람이 번지는 파장은 유한마담이나 부잣집의 미혼 여성이 아닌 남편과 자식을 거느린 어엿한 가정주부에게 더한 유혹을 주고 비극의 도를 더한다는 데 문제가 크다.

대낮에 비밀 댄스홀 등에서 춤추다 잡혀 즉심에 넘겨진 2백 45명에게 12일 하오 3일간의 구류 처분이 내려졌다.(《경향신문》, 1972년 7월 13일)

종종 신문 사회면에 비밀 댄스홀이나 카바레에서 춤추다 들킨 여성들의 사진이 대문짝만하게 나왔고 춤바람으로 가정 파탄이 나거나 자살 또는 배우자 살해로 이어지기도 했지만 춤은 가정이라는 공간과 가정주부라는 역할에서 벗어나 다른 사람과 접촉할 수 있는 장소를 제공했고 여성의 욕망을 실현시키는 매개체였기 때문에 춤바람이 멈추지 않았다.

과유불급이라 특히 주색, 화투. 댄스 등 잡기에 도를 넘으면 패가망신하는 것이니 근신하고 절제하는 교훈을 새기자.

둘째, 고스톱은

이제 누구나 즐길 수 있는 우리나라의 놀이문화가 되었다.

화투는 원래 한국의 민속놀이로 분류되기도 하지만 한국 고유의 오락이 아니라 19세기경 일본에서 들어온 것이다. 대체로 16세기 후반경에 포르투갈 상인들에 의해 일본에 전래된 '카르타carta놀이 딱지'가 변형된 후 한반도에 전래된 것으로 추정하고 있다.

일본인들은 '카르타carta'를 본떠 하나후다(일본어: 花札, はなふだ)를 만들어 사용하였고, 이것이 19세기경이나 일제강점기 때에 한반도로 전해졌다고 알려져 있다.

이 하나후다가 1950년경에 한국에서 디자인이 변형되어 대중에게 보급되었다.

내가 여기서 특별히 화투 이야기를 꺼낸 이유는

먼저, 그 당시 우리가 직장생활의 스트레스를 풀고 즐길 수 있는 놀이문화가 별로 없었고

그다음, 친구들과의 놀이는 물론 영업활동의 친화적 도구로서 안성맞춤이었기 때문이고

세 번째는 남녀노소, 나이불문, 장소불문, 종이고 천이고 판만 깔면 대화와 친화의 도구로서 활용할 수 있었기 때문이다.

특히 일선에서 영업활동을 하면서 손님이나 대리점 사장과의 대화는 술이나 점심인데 술을 즐겨 마시지 못하는 약점 때문에 주점에 앉으면 자연스럽게

고스톱을 하게 되었기 때문이다.

때로는 상대에 따라 일부러 저주는 고스톱도 쳐서 시주도 해야 하나

주로 점심내기 정도로 시작하지만 간덩이가 부으면 천 원, 만 원으로 커져서 용돈을 전부 날리며 화를 주거나 화를 입기도 하였으니 이 역시 과유불급이라 도를 넘어서는 곤란하다는 경고메시지가 아닌가?

또한 고스톱을 하다 보면 상대편의 성격을 알 수 있어 일상업무에 참고가 되기도 한다.

즉 돈을 잃거나 따도 별로 기색 없이 기분을 외부로 표출하지 않는 사람이 있는가 하면

돈을 잃으면 꼼수를 써서라도 본전을 챙기려고 부단히 노력하는 사람도 있다.

한편 그날 승리자는 거둬들인 돈을 많이 잃은 사람부터 반본전을 돌려주고 그날의 밥값까지 내는 여유 있는 사람도 있고,

반대로 딴 돈을 몽땅 챙기고 밥값은 더치페이로 하는 사람도 있는데, 아마도 다른 곳이나 다른 날 잃었던 돈을 오늘에서 본

전을 찾았다는 기분으로 그럴 수도 있으니 이해할 수밖에 없지 않은가?

화투는 처음 일본의 대표적인 게임기 제조업체인 닌텐도가 1889년에 창업 이후 일본식 화투인 하나후다(はなふだ)를 생산하였고 야쿠자에 의해 도박사업이 활성화되자 크게 성장하였던 역사가 있다. 현재와 같이 플라스틱으로 만들기 시작한 것은 한국 업체이고, 닌텐도는 거의 생산을 하지 않고 있으며 한국에서 수입하고 있다. 현대 일본에서는 과거와 달리 화투는 명절에나 하는 민속놀이일 뿐 대중적인 게임은 아니다.

화투놀이 종류에는 '민화투', '육백(600)', '짓고땡', '섯다', '고스톱', '월남뽕' 등 다양하며, 2~4명이 노는 것이 보통이나 '섯다' 등은 10명도 놀 수가 있다.

그 밖에 아낙네나 노인들이 재미로 하는 '재수보기'와 '운수띠기'가 있다.

여러 놀이 방법 가운데 한국인들이 가장 좋아하는 놀이는 단연 고스톱이다.

고스톱이 언제 한국에 들어왔는지는 정확하게 알 수 없고 60년대 말에 알려지기 시작하였으며, 70년대 중반 이후에 널리 알려지면서 화투놀이의 대표주자의 자리를 차지하게 되었다.

 1980년대에는 사회적 상황을 반영한 정치풍자 고스톱이 새
로운 규칙으로 등장하였는데… 이른바 싹쓸이 규칙과 거기에
따른 변형규칙, 즉 전두환 고스톱을 기점으로 정계 거물급 인물
들의 정치행태가 고스톱의 규칙으로 반영되기도 하였다. 화투
놀이의 변화는 곧 우리 역사와 사회문화적 변화의 다양한 국면
을 상징적으로 드러내고 있으며, 정치, 사회, 경제적으로 힘겨
웠던 시간을 달래주었던 대중적 놀이로서 성격을 보여준다.

제3장

명! 제품과장
그리고
새로운 직책

1
제품과의 직무 파악

그렇게 3년간을 전쟁을 치르고 나서 다시 제품과로 발령을 받았다. 제품과의 업무는 첫째,

생산, 검수 완료된 상품을 창고에 보관하였다가 판매부서가 출하요청을 하면 전국의 대리점으로 배송하는 역할이고

둘째, 서울을 비롯하여 각 연락소에 A/S부품을 공급해 주는 역할이며

셋째는 수출품의 검사와 선적업무이다. 내용을 세분하여 설명하면 다음과 같다.

(1) 첫째

여러 가지 상품과 A/S부품을 각각 구분 보관하되 선입선출에 따라 출하하며 합리적인 배차와 적재를 비롯하여 안전사고, 도난, 방화, 방서(㊟), 천재지변 등의 예방에도 힘써야 한다. 처음 업무를 시작하면서 배송업무를 지켜보니 지역별로 주문서가 오면 지역별 물량에 따라 배차하였지만 지금처럼 다양한 종류의 트럭이 없던 때라 여러 상품을 한 차에 혼적하여 배송하니 적재함이 빈 곳이 많은 경우도 있고 위험하게 과적하는 경우도 있어 낭비가 심하고 위험이 도사리고 있다는 생각을 하였다. 그래서 화물차별 적재함의 높이와 크기를 재고, 우리 상품의 개별 무게와 가로×세로×높이(겉포장에 표시) 를 대조 분석하여 차종별로 적정 적재량 표를 만들어 실험을 하였더니 상당한 효과가 있었다.

문제는 영업부서에서 각 대리점별로 주문량을 모아서 보내주어야 실효가 있기 때문에 이 표준적재량을 영업과 공유하니 점점 배송의 효율성이 높아졌다. 배송의 효율 향상과 더불어 송장도 엄중하게 관리하여 각 대리점에서 배송된 상품을 대조 확인 후 대리점 대표자의 인수확인 날인이 되어야 운임을 후불하도록 하였다.

(2) 둘째

A/S 부품의 조달은 우리 상품이 시장에 많이 판매될수록 A/S 부품도 동시에 많이 소요되는 구조인데 당시에는 따로 A/S부품을 보관해 두는 것이 아니라 필요할 때마다 생산라인에 가서 직장의 양해하에 얻어와서 보내는 형편이었다. 그런데 문제는 하루가 다르게 전국적으로 A/S부품을 보내 달라고 야단이니 매번 직장하고 싸워야 하는 사태가 발생하는 것이었다. 그도 그럴 것이 양산에 지장을 주면 직장의 책임인데 작업불량 및 손 망실에 대비하여 약간의 여유로 입고된 부품을 수시로 챙겨가니 다툼이 일어날 수밖에 없었던 것이다.

그래서 자재과에 근무했던 기억을 살려 자재과장 앞으로 담당임원의 결재를 얻어 지원요청 협조 공문을 발송함과 동시에 설계실장 앞으로도 각 제품의 구성부품에 대한 내구성과 사용 빈도에 따른 예상 불량률을 파트리스트에 정하여 보내 달라고 하였다. 즉 앞으로는 설계실의 예상불량률에 따라 A/S부품을 양산용과 별도로 소요계획을 수립할 것이니 함께 발주해 줄 것과 그렇게 발주된 A/S부품은 입고, 검수 후 바로 제품창고로 보내줄 것을 당부하였다. 이렇게 하여 우리 회사 역사상 처음으로 A/S부품을 독립적으로 수급 받아 여유롭게 배송할 수 있게 되었다.

(3) 셋째

라디오 수출 보조 업무가 제품과에 있었는데 수출선적 전에 세관의 수출입 검사원이 생산이 완료되면 회사에 나와서 하나하나 품질검사를 하고 합격증을 발급해 주어야 선적을 할 수 있었다.

순조롭게 합격이 되면 다행인데 불량품이 한 대라도 나오면 롯드 불합격을 때리니 시간은 없고 안절부절하여 점심 대접하면서 시간을 벌고 현장에서 즉시 수리를 해서 선적하던 기억이 아련하다.

2
사다리 타기 제1단계, 승진

그렇게 노력하다 보니 와~ 신난다!! 제품과장으로 승진이라!! 사회생활의 첫 번째 감투 아닌가?

짝! 짝! 짝! 이제 사회생활의 두 번째 사다리에 올라탔다는 것, 이 얼마나 고대하였던 희소식인가?

이때의 기분은 흥분되어 필설로 표현하기 어려웠고 함께 고생하며 협력해 준 동료들에게 감사하면서 가족에게 제일 먼저 이 기쁜 소식을 전했던 기억이 새롭다. 그러나 그것도 잠시, 이제 좀 어깨를 펴고 으쓱대며 폼 잡고 일 좀 하려던 참에… 갑자기 공장장님께서 호출이란다. 뭐가 잘못되었나?

"자네 말이야… 자재과/총무과 업무도 해 보았고 제품과는 물론 A/S부품도 시스템적으로 수급이 순조롭게 이루어지도록 준비하였으니 이제 서울 본사에 A/S관리과로 올라가 일해 보게"

"네~? 저는 엔지니어도 아닌데요?"

"이건 엔지니어 업무가 아니고 A/S시스템을 구축하는 업무니 자네가 할 수 있을 거야!

사실 A/S요청이 본사 기획실이나 각 사장실로 하루에도 몇 번씩 빗발친다니 하루빨리 전국적으로 시시각각 들어오는 고객의 클레임을 각각의 현장에서 즉시 처리할 수 있는 금성사 전국 서비스체계를 구축하라는 엄명이 떨어졌어!

자네가 올라가서 금성사 전국 A/S체계를 한번 멋지게 구축해보게"

"예~??"

'아이구 이제 죽었구나?? 도대체 가전제품의 서비스 체계가 뭐야?? 뭐 아는 것이 있어야지!!'

명! 서비스관리과장
그리고
창조의 역사

1
신생 서비스관리과의
탄생

서울로의 귀환, 기쁨 속에서도 난감하고 두려운 감정이 머리를 복잡하게 만들었다.

정들자 이별이라고 이제 공기 좋고, 위치 좋고, 넓은 정원이 있는 정든 내 집에서 마음 편히 아이들과 행복하게 살고 있는데 그 행복을 희생한다고 생각하니 마음이 편할 수 없었다. 이사라고는 온천동 셋방에서 장전동 새집으로 처음 이사를 했지만 그때는 별로 이삿짐이 없을 때고 이제는 오래 오래 살겠다고 정원에 꽃나무며 화초도 심고 가구 등 살림살이를 챙겨 넣었는데…. 더구나 난 이공계 출신도 아니고, A/S의 개념도 모르고…

서울에 집도 없고… 아이들 전학 등등 걱정이 끝이 없었다.

　아무튼 결국 이렇게 해서 기습적으로 본사에 서비스관리과가 탄생하게 되었고 우리나라 최초로 가전업계 A/S부서가 독립부서로 승격하는 계기가 되었다. 청계천에 수리 전문 종합 A/S센터 그리고 본사에 서비스관리과가 탄생하면서 그 기능과 역할이 분리, 확충된 것이다. 그리고 전국에 서비스센터가 개설되면서 서비스관리부로 확대, 개편되고 그리고 후에 A/S 독립회사로 발전하게 되는 밑거름이 되었다.

　내가 몸소 겪으며 지나고 보니 사실 가전(내구)제품 서비스업무는 재미없는 직무라고 할 수 있다.

　일은 얼마나 복잡하고 많은가? 누가 알아주기를 하나? 잘해야 본전이고 조금만 잘못해도 욕이 돌아오고 꾸중 듣기 일쑤다.

　미지를 개척한다는 사명감과 직무 자체에 애착이 없으면 버티기 힘든 직무이다.

　그러나 고객의 불편과 스트레스를 해소해 준다는 자부심과 보람도 있습니다. "수고하셨습니다" 환하게 웃으며 건네는 물 한잔과 따스한 칭찬은 산소와도 같다. 이런 음지에서 묵묵히 일하는 동료들에게 가끔이라도 깊은 애정과 지원이 필요한 것이다.

2
서비스관리과의 직무와
조직 설계

첫 번째의 고민은 가전제품의 서비스관리의 직무가 어디서 어디까지인지 아는 사람도 없고 참고서적도 없으니 난감할 수밖에 없다는 점이었다.

이 직무를 완수한 후에 깨달은 사실은 대부분 내구제품의 서비스업무를 맡고 있는 책임자도 그 내용과 깊이를 잘 모른다는 점이었다.

즉 고장 나면(신고) 고쳐주거나 교체해 주는 단순 직무라고 생각하기 쉬우나 사실은 처음 설계시점부터 시작하여 폐기까지 완수해야 하는 광범위한 직무로서 제품이 처음 시장에 출하될 때

먼저 서비스부서 책임자의 동의가 있어야 하는 것이 원칙이다.

즉 제품별로 서비스관리 전체 시스템을 설계하고 각 서비스 공정별로 준비(예상불량률/부품/기술교육/도구/가격표 등)가 완수된 후에 출하가 되어야 하는데 안 된 상태로 출하되면 서비스는 걷잡을 수 없게 된다는 사실이다.

본인도 처음 나름대로 두서없이 혼자서 아래와 같이 정리해 보았다.

(1) A/S 직무범위 설계

A/S체계의 전체 공정은 즉

제품설계-〉도면-〉Part List-〉자재발주-생산-물류-A/S로

표시할 수 있는데 A/S 준비가 설계단계부터 시작되어야

된다는 것을 아래 내용으로 확인할 수 있다.

① 제품설계 시 각 구성부품별 내구성 검토와 예상불량율 체크(설계실)

② 조립도면으로 A/S 기술교본 작성(설계실)

③ P/L 제공과 서비스부품의 수급/수불 및 가격표 제작(자재과)

④ 수리기사의 선발/기술교육/배치 등 인사관리(인사과)

⑤ 유·무상 수리조건과 수리비의 책정기준(설계실/자재과)

⑥ 출동차량/복장/수리용 치·공구 보급 및 차량보험

⑦ 클레임 접수대장 및 처리절차와 그 정보의 피드백 체계 그리고

클레임 손해보상 규정 등(품질관리과)

⑧ 이상의 업무와 연관된 예산수립 및 집행 등등

와~ 크게 나누어 정리해 보았는데, 겁나게 많네요.

이 많은 업무를 도대체 어디서부터 어떻게 누구와 시작해야 하나?

(2) 조직에 적합한 인력 설계

이 많은 업무를 무리 없이 처리하려면 어떤 조직, 어떤 스펙의 인재가 몇 명이 필요할까를 고민하면서 우선은

① 서비스업무기획 및 총무/인사 그리고 예산관리

② 불량통계 수집 및 피드백 체계와 시방서 관리 및 사고처리

③ 서비스부품 수급과 가격표 작성, 배포 및 수리비 책정

④ 서비스맨의 선발, 배치와 인사관리 그리고 복장통일 및 기술교본 제작 및 교육훈련

⑤ 수리용 기·자재와 치·공구 구입 및 자동차 구입/도색/배치

⑥ 각 지방 연락소별 서비스센터 구축(간판 제작/배포) 등등

이 엄청난 업무들을 시작하려니 처음에는 엄두가 나지 않았다. 그러나 어쩌랴!! 엎질러진 물 아닌가?

우선은 이공계 출신 남자사원 3명과 상고출신 1명 그리고 여사원
1명의 충원을 요청하고 업무를 개시하게 되었습니다.

(3) 직무 추진 시스템 설계

직무의 범위는 정리해 보았지만 이 모두를 업무진행 공정에 따라 시스템적으로 연결해야 하는데 그 하나하나의 내용이 무엇이고 어떻게 전개하고 추진해야 할지, 당시는 A/S업무를 아는 사람도, 출판된 책도 없어 장님 코끼리 만지기라 참 난감하였다. 이게 기회일까? 장애일까? 사실 뭐 따지고 보면 지금까지 거처 온 모든 업무가 다 처음 아니던가? 오히려 고맙게 생각해야 되겠지 하며 마음을 다졌다. 내 능력을 테스트해 보라는 신호로 알고 여하튼 도전해 보기로 하였다.

무엇부터 먼저 시작해야 하나 고민하다가 무턱대고 당시의

협력회사인 일본의 히다찌사의 서비스시스템을 배워오겠다고
건의를 하게 되었다. 물론 일본어도 모르고 영어도 서툰 때라
무모하지만 도전해 볼 수밖에 없었다.

여기서 또 "하면 된다" "뜻이 있으면 길도 있다" 두 가지 진리
를 무기로 도전하였다.

3
무모한 도전과 성과

출장명령서 결재를 받고 나니 가서 무엇을 배워오지? 물론 영업상무님께서 미리 히타치에 협조를 부탁해 주셨지만 너무 막연하여 나름대로 체크리스트를 별도로 준비하고 비행기에 몸을 실었다.

비행기라!! 군대생활 때 긴급출동으로 헬리콥터는 잠시 타보았지만 큰 비행기를 타고 남의 나라로 가는 것은 난생 처음이라 먼저 두려움이 앞서고 멀미 걱정… 혹시 바다로 떨어지지 않을까… 가족과 친지의 얼굴이 주마등처럼 스쳐 가고… 그런 와중에 공항건물이 휙휙 지나가더니 갑자기 공중으로 높게 떠오르고 조금 있다가 기체가 갑자기 조용해지며 구름이 뭉게뭉게 손짓한다.

와!! 기분 최고다. 세상 좋구나.

뭉게구름이 빠르게 스쳐가는 망망한 하늘과 구름을 좁은 창문으로 감상하며 앞으로 다가올 이 많은 일들을 어떻게 요리를 해야 하나 하고 헤아려 보는데 이제 착륙할 것이니 문을 닫으란다. 갑자기 기체가 흔들리더니 덜커덩 활주로에 안착, 와 살았다!

안도의 한숨을 쉬고 촌놈, 회사 덕분에 처음 해외여행이라 …감격!!

공항에 마중 나온 히타치 직원과 반갑게 인사 나누고 회사로 가는 도중에 내 눈에 들어오는 창 밖의 발전된 일본의 모습과 깨끗한 도시가 경이롭다. 사무실에 들러 관계부서 분들과 간단히 인사를 나눈 후 바로 meeting을 시작하였다. 체크리스트를 한문으로 작성해 가서 제시한 후 더욱이 내가 일본어를 잘 모르며 A/S도 처음 대하는 직무라고 고백하고 되도록 칠판에 한문으로 쓰면서 설명해 달라고 하였더니 걱정 말란다.

히타치 회사의 전국서비스 체계를 내 체크리스트에 따라 예를 들어가며 차근하게 설명해 주었다. 질문시간에 추가로 궁금

제4장

한 사항을 체크리스트와 함께 보완하면서 메모를 하였다. 귀찮은 기색 없이 조목조목 설명해 주던 그 과장이 인상에 남고 참으로 감사할 따름이다.

회의가 끝나고 저녁을 사 준다기에 준비해간 간단한 선물을 주고 하루의 일과를 무사히 마쳤다.

다음날 시내에 있는 A/S센터를 견학하고 오후 늦게 A/S관계 문서와 카탈로그만 한 가방 챙겨서 히타치 A/S체계를 1박 2일만에 마스터(?)하고 돌아왔다.

세상에! 1박2일 만에 마스터? 어떻게??

뭐 서비스직무 전체의 체계만 알면 구체적인 사항은 하나하나 현실에 맞게 조립하면 되지 않겠는가? 전문가 눈에는 아무것도 모르는 저 친구가 과연 금성사의 A/S 체계를 제대로 구축할 수 있을까 하는 좀 한심한 생각이 들겠지만 길고 짧은 것은 대 봐야 알 것이다.

누구나 지식이나 경험이 없어도 해당 업무를 깊고 넓게 생각하고 그 일에 몰입하면 불가능이란 없다. 내가 백지상태에서 금성사의 A/S체계를 확립할 수 있었던 것도 새로운 환경에서 확고한 목표를 가지고 열정으로 몰입할 수 있었기 때문에 가능하였다고 생각한다. 다음 장에서 그것을 증명할 것이다.

4
잠시 공부 좀 합시다

● 불가능한 것을 가능하게 만드는 힘

스티븐 코틀러(유명한 마케팅 작가)는 이렇게 말한 바 있다.

"1990년대에 저는 위험한 운동들을 정말 많이 했어요. 그러면서 산악자전거, 서핑, 낙하산, 행글라이딩 등을 하는 사람들을 많이 만났죠. 그들은 모두 위험을 무릅쓰고 이전까지 다른 사람들이 하지 못했던, 그래서 많은 사람들이 불가능하다고 생각했던 일들에 도전을 하는 사람들이었어요. 그 사람들은 모두 '불가능하기 때문에 가능한 것이다'라는 괴상한 말을 믿고 있었

죠. 생각해 보면 그들은 지금 당장 불가능해 보여도 끝없이 도전하면 언젠가는 가능할 거라는

희망과 믿음을 갖고 있었던 거에요. 그리고 그 사람들을 곰곰이 지켜보면서 불가능을 가능으로 만드는 힘을 하나 발견했어요. 그건 바로 '몰입' Flow이에요."

● 무언가에 미친 상태 몰입

몰입이란 내가 누구인지도 모르게 뭔가에 빠져들어 있는 상태를 의미한다고 한다. 코틀러 작가의 말에 따르면 "5시간이 지났는데도 5분이 지난 것 같은 경험을 한 적이 있다면, 바로 그게 몰입을 하셨던 겁니다"라고 한다. 특히 코틀러는 몰입을 하게 되면 다음과 같은 경험을 하게 된다고 말했다.

1) 창의적이지 않았던 사람들도 엄청나게 창의적이 되고,
2) 평소에는 뭔가 새로운 것을 배우려면 머리에 쥐가 나는 사람들도 새로운 것을 배우는 데 전혀 스트레스를 느끼지 않으며,
3) 아무것도 하기 싫어서 널부러져 있던 사람들도 갑자기 분기탱천해서 동기부여 100% 완충상태가 된다.

그렇기 때문에 몰입을 하게 되면 불가능한 것도 가능해지는 경험을 할 수 있는 거죠.(출처:미라클 레터)

● 그렇다면 몰입은 어떻게 만드나?

1) 몰입을 촉발하는 3가지 준비사항

여러분이 잠든 사이, '몰입'에 대해 실리콘밸리 엔지니어들에게 강연을 했던 스티븐 코틀러 작가는 몰입을 위한 아래 세 가지를 강조했어요.

첫째, 몰입이 가능하려면 신체적으로 정신적으로 건강한 게 좋습니다.

둘째, 몰입이 가능하려면 불가능에 가까운 어려운 목표를 분명하게 정해야 합니다.

셋째, 두뇌가 몰입에 들어가려면 다른 방해요소distraction들을 제거하세요.

즉, 모든 컴퓨터 모바일 앱을 꺼 둡니다. 물론 메일 메신저 등도 다 꺼 두고 업무에 집중합니다.

그리고, 내가 제안하는 개인의 몰입에 대한 테크닉인데요….

즉 젊은 남녀의 정열에 불타는 사랑을 상기하면 몰입을 쉽게 할 수 있어요.

※ 먼저 상대방(자기업무)에 대한 관심 집중

-(업무)내게 돌아올 성취감과 행복을 상기하고

-(업무)상대방에 대한 호기심과 욕구가 분출하면

-(업무)사랑이 싹트고-점점 열정이 불타오르면

-사랑에 빠지고/몰입상태가 되면

-사랑에 눈이 멀고+시간이 중지되는 경지 즉 몰입에 도달합
 니다.

"몰입은 사랑과 열정을 먹고 살아갑니다."
-박원영-

2) 맥킨지의 몰입에 대한 3가지 집단 테크닉

첫째, 회사의 관점만이 아니라 4가지 주체의 관점에서 함께 이야기를 하세요.

보통 회사를 정말 사랑하는 CEO나 간부들은 회사의 입장만을 강조하는 경우들이 많아요.

그래서는 구성원들에게 일의 의미가 생기지 않아요.

대신 구성원들에게 '당신이 하는 일이

1) 사회에는 어떤 도움이 되고,

2) 당신과 함께 일하는 팀에게는 어떤 의미가 있고,

3) 당신 스스로의 발전에는 어떤 혜택이 있고,

4) 무엇보다 당신으로 인해 고객들이 어떤 행복을 얻을지에
   대해 이야기를 해 보세요.

그리고 나서 회사의 관점에서 왜 이 일을 해야 하는지를 이
야기하세요.

그렇다면 구성원들 입장에서는 훨씬 일에 몰입할 이유가 생
길 겁니다.

둘째, 구성원 각자에게 자신이 하고 싶은 일과 결정이 무엇
인지에 대해 끊임없이 물어보세요.

사람들은 자신이 결정한 것에 더 많은 애착과 의미를 가지게
돼 있어요.

설령 그렇게 택한 결정이 실제로는 자신이 생각하는 것만큼
의미가 없다 하더라도 말이죠.

셋째, 작지만 예상치 못했던 선물들을 주세요.

예를 들면 CEO들이 직접 손으로 쓴 편지를 직원들에게 보낸다든지,

기대하지 못했던 금액이지만 작은 포상금을 어느 날 현찰로 던져 준다든지,

예상하지도 못했지만 회사에 입사한 지 3년, 5년 되는 날에 깜짝 파티를 열어 준다든지,

"타이밍도 정말 적절하게 잘 잡아서, 마음속 깊숙한 감사를 담아서 전달한 작은 칭찬은 무엇과도 대체할 수 없답니다.

돈도 많이 들지 않고도, 엄청난 것들을 만들어 낼 수 있어요."

▶나의 경우

서비스관리과에서 위 세 가지 조건 외에 "가전제품의 서비스란 대체 무엇인가"

맡은 직무에 대한 호기심 발동과 오기, 그 업무에 대한 짝사랑, 책임과 사명감으로 미친 듯이 몰두했다.

그 결과 수시로 점심시간을 잊고 앉아 일에 몰두하다가 직원들의 불만을 사기도 하였다.

그때 얼마나 많은 문서를 손가락으로 작성했는지 지금도 둘

째와 셋째 손가락 사이에 딱딱한 굳은살이 남아있다.

5

금성사의 새로운
A/S 체계의 확립

(1) A/S 부품의 수급계획과 A/S가격표 작성

설계실에서 보내준 parts List상의 예상 불량률과 기존 불량데이터로 수급계획을 수립하는데 수작업을 하자니 많은 시간과 노력이 필요해서 궁리 끝에 그때 한참 활발하게 도입되던 펀치식 컴퓨터를 사용하여 작업을 해 보았는데….

지금과 비교하면 답답하기 짝이 없었지만 그런대로 효과가 있었다. 그런데 설계실의 예상불량율은 그냥 예상일 뿐 사용환경과 장소 그리고 사람에 따라 천차만별이라 정확도가 떨어질 수밖에 없어 주로 청계천서비스센터의 불량데이터를 참고하였고 부품의 사용빈도와 교환주기에 따라 중요도/긴급 순으로 발주원칙을 세웠다.

그런데 고민이 생겼다. "각각의 부품의 내구성과 사용빈도에 따라 보관기준(몇 개월/ 몇 년)이 없는지라 잘못하면 쓸데없는 재고만 쌓일 텐데 어쩌지?"

"계속 증가하고 보완되고 퇴출되는 제품과 모델들, 거의 매일 끊임없이 사방변경 되는 부품들을 어떻게 조달하고 어디에다 어떻게 보관하며 누가 관리를 한단 말인가?"

"각 서비스센터에 분산 보관도 한계가 있고… 그뿐인가 하루에도 여러 건의 사방변경서가 올라오는데…."

모두 A/S부품 수급에 해당되는 것은 아니지만 그때마다 수급계획은 물론 A/S부품 가격표에도 즉시 반영을 해주어야 하니 아직은 제품과 모델 수가 적어서 견딜 만하지만 앞으로 확실하게 준비하지 않으면 낭패가 날 상황이었다.

부품수급과 더불어 힘들었던 업무는 전기/전자 따로 부품가격표에 반영하고 제품별 수리 난이도에 따라 유상수리 시 얼마를 받아야 할지 정한 후 가격표를 만들어 각 영업소는 물론 대리점에도 배포를 해야 하는 작업이었다. 그래서 일주일에 한 번씩 변경내용을 모아서 낱장으로 당사 A/S센터에만 전화 통지문이나 공문으로 보냈던 기억이 난다. 설계실의 시방변경도 자체적으로 충분히 검토하여 A/S대상(부품수급/가격표)이 아니면 통지하지 않기로 하였다.

(2) 임기응변식 A/S 기사의 교육과 양성 및 배치

사실 부품도 부품이지만 수리기사가 없으면 총과 실탄만 있고 사수가 없는 격이니 A/S센터는 무용지물인 셈이다. 그런데 당장 수리기사가 없으니 어찌해야 할지….

수리기사는 세 가지를 겸비해야 하는데,

첫째, 고장의 진단과 정확한 수리기술,

둘째, 고객에 대한 예의범절 및 겸손(방문 예의/ 단정한 용모와 언사/ 청소 등 후처리)

끝으로 회사를 최일선에서 대표한다는 자부심과 책임감이다. 이런 능력을 겸비한 인재를 바로 양성할 수도 없는 상황인데 전국적으로 A/S요청이 아우성이니 우선은 공장의 조립라인에서 차출하여 기초 매너만 가르쳐 배치할 수밖에 없지 않은가?

나는 즉시 영업상무의 결재를 받아 부산과 구미공장 공장장님께 이 중대하고 시급한 문제를 해결할 수 있도록 도와달라는 공문을 보냈다.

다행히 공장장님은 작금의 막중한 사태를 이해하시고 우선은 대도시 중심으로 부산/대구/대전/광주/청주에 전자/전기기사 합계 10명을 차출하여 주셨다. 이들에게 위 3가지 단기교육과정을 서울 서비스센터에서 실시 후 각 현장에 파견하였으니 이제 제대로 된 A/S의 기초를 마련하게 된 셈이다.

그 후는 새로 선발하여 공장의 생산라인에 투입하여 조립 및 수리기본을 익힌 다음 직업훈련소를 통하여 상기와 같은 수리기사를 양성하였으며 인천을 비롯하여 마산/진주/전주/순천/충주/청주/춘천/강릉/천안에 A/S센터를 우리나라 최초로 개설하게 되었다.

그러나 얼마 후 여기서 끝날 수 없는 A/S 요구가 증가했는데 그것은 금성사의 상품이 판매되는 속도와 양만큼 비례해서 클레임도 증가하였기 때문이다. 이 사태를 타개하기 위하여 우리는 영업부서와 협의하여 전국의 대리점에 전자/전기기사의 배치를 요청하게 되었다. 그 대신 우리가 기술교육과 A/S부품 및 가격표를 공급하면 전국적인 A/S망을 구축할 수 있고 클레임 발생 즉시 해당 대리점 기사가 1차 처리할 수 있으며 그것을 인연으로 새로운 고객도 발굴할 수 있으니 일거양득 아닌가?

그러나 인건비 문제도 있고 능력 있는 기사를 따로 구할 수가 없으니 난감할 수밖에 없었다. 우선은 현재의 대리점에는 상품의 판매/배송/설치를 담당하는 기사가 2~3명 있으니 그들을 간단한 A/S기사로 양성하면 판매는 물론 A/S도 함께 처리할 수 있고 고정고객 관리 차원에서 1석 3조라고 제안하여, 대부분 대리점에서 협력해 주었다.

문제는 100개 대리점이면 전자/전기 200명인데, 이들의 기술 교육을 어떤 방법으로 어디서, 누가, 무슨 예산으로 추진하느냐가 문제가 되었던 것이다.

아뿔싸! 공연히 벌집을 쑤셨구나.

옥상옥이라 문제는 점점 커지고 포기하자니 회사의 장래가 여기에 달려있을 수도 있는 것이었다. 대리점 A/S기사가 기술 미비로 실수하는 경우 한 건이라도 발생하면 이건 병가의 상사가 아니라 회사 전체의 이미지 실추와 변상 문제가 발생하니 서비스관리과의 책임이 막중함을 느끼게 되었다.

궁하면 통이라! 우선은 각 공장 총무부서와 품질 및 설계실장을 찾아 아래와 같이 협조를 요청하였다.

우선, 공장별로

1) 설계실: 수리 교재와 실습용 제품(고장 반품된 것) 및 강사를 준비해 주시고

2) 총무부: 식당 또는 강당에 식탁과 의자를 준비해 주시고 또한 중식을 제공해 주시되

3) 품질관리과: 품질관리 교육 및 불량데이터의 수집 및 관리, 반영

4) 서비스관리과: 교육기간을 1박 2일로 정하며 매너교육을 담당하고, 각 A/S센터 별로 대리점의 교육참가 인원을 미리 파악하여 공장에 통고하고, 공장지역의 호텔이나 여관을 탐색하여 숙박비와 식사비용을 파악하도록 하며, 지역 파출소에 미리 이 내용을 신고한다(사고예방차원)

이렇게 합의를 하고 돌아와 이번 거사를 상무님께 보고하니 "와~~ 아이디어는 좋은데
A/S관리과 과장까지 5명뿐인데,
그리고 다른 일도 벅찬데, 해내겠나?
여하튼 하긴 해야 할 일이니 구체적으로 계획을 수립해 봐. 내가 도와줄게!!" 하고 긍정적인 반응을 보여주셨다.

이렇게 하여 대리점 기사의 기술교육이 공장에서 집합교육으로 시작된 것이다.
공장 식당에 임시로 교육용 견본제품을 대리점 기사 5~10명

단위로 식탁에 올려놓고 기술교본을 배포한 다음 설계실 및 생산현장 기사가 교대로 제품을 순서대로 분해, 조립 및 설명하면 대리점 기사들이 메모하며 따라 하는 식이었다. 이렇게 이른 봄과 가을에(성수기 및 추위와 숙식문제) 공장별/제품별로 집합교육이 2회 실시되었는데 120명에서 150명이 참석하니 교육이 끝나 저녁이 되면 부산은 동래온천과 주점들이 만원을 이루고, 구미는 그때 아직 바닥이 좁아 장터의 호텔과 주점이 우리 손님으로 즐거운 비명을 질러대던 광경이 아직도 눈에 선하다.

그러나 우리 과 직원들은 비상대기하면서 초조한 밤을 지새워야만 했다. 사람들이 객지에서 모이면 긴장이 풀리고 한잔해야 하니 음주사고 등 안전사고가 종종 발생하는 것이었다.

그래서 미리 현지 파출소에도 몇 명이 몇 일간 무슨 용무로 온다고 보고를 하곤 했다.

물론 아침에 파출소에서 긴급 전화를 받고 달려가 아직 술이 덜 깨어난 기사를 우리가 보증 서고 데리고 나온 경험도 잊을 수 없다. 그래서 그 지역의 파출소(지구대)는 놀라서 사고 예방차 1박 2일간 비상근무를 하였던 것이다. 지금 생각해 보니 참 원시적이고 호랑이 담배 피던 시절의 웃지 못할 교육이벤트였구나 하고 실소를 금할 수 없다.

그러나 이런 교육은 기술교육뿐만 아니라 전국에서 참석한 120~150여 명 기사들에게 자부심을 주고 금성사를 광고/홍보하는 효과를 극대화하였다고 생각합니다.

(3) 전국 A/S센터의 설치

고객의 불만이 누적되어 가던 시기에 서비스관리과의 탄생으로 전국에 우선 6개의 A/S센터를 설치하기로 하고 다음과 같은 설치원칙을 마련하였다.

첫째. 기존의 6개 연락소에 A/S센터를 설치한다.

둘째. 전자/전기 수리기사 각 1명씩을 공장의 지원을 받아 교육 후 배치한다.

셋째. 긴급출동 자동차 1대씩 통일된 디자인으로 도색, 준비한 후 배치한다.

넷째. 부품창고를 만들고 수리용 치·공구 및 복장을 통일하여 지급한다.

다섯째. 고장 및 불만접수대장을 준비하고 그 결과를 연락소장을 경유하여 서비스관리과에 보고하면 이것을 각 공장 품관부서와 설계실에 통보한다.(그 후 각 공장에 직접 발송으로 변경)

여섯째. 현장 A/S man의 근태관리와 불만처리는 연락소장이 관장한다.

일곱째. 서비스센터 간판을 전국 동일 디자인으로 제작하여 현판식을 하도록 한다.

이렇게 원칙을 정리하기는 하였으나 말로는 쉽지 이것을 실천하자면 공장의 설계부서/품질부서/자재부서/생산부서의 협조 없이는 불가능한 구상이다. 어쨌든 이렇게 서로 협력하며 꾸준하게 추진하다 보니 우리나라 최초로 가전제품의 A/S센터가 6개 연락소에 탄생하게 되었으니 어찌 감개무량하지 않겠습니까.

이것 또한 감사!

서비스센터 개소식(첫번째 구자윤 전무/3번째 이희종 사장. 4번째 필자/오른쪽 끝 이호근 전무)

살아가다 보면 잘 풀릴 때보다는 생각만큼 잘되지 않을 때가 더 많이 있다. 그럼에도 불구하고, 큰 꿈을 품고, 제대로 된 방향을 설정하고 나서, 우보만리(牛步萬里)의 자세로 꾸준히 헤쳐나가다 보면, 즉 뜻이 있고, 목표가 있고, 열정과 추진력이 있으면 새로운 창조물이 탄생할 것이다. 그와 더불어 어느샌가 훌쩍 커져 있는 자신의 모습을 발견하곤 스스로 대견하다고 느끼는 것, 이것이 인생의 참 묘미가 아닐까?

6

본사 클레임 접수창구 그리고
고발로 인한 첫 번째 시련

　서울 본사에 서비스관리과가 생기니 본사 기조실이나 각 그룹사의 비서실에서는 오는 정부 각 부처 클레임이 청계천 서비스과가 아니라 서비스관리과로 이첩되었으니 우리는 지원부서로서의 역할도 힘에 부치는데, 그렇다고 외면할 수도 없는 처지가 되고 말았다.

　사실 접수내용을 청계천으로 던져 주면 되지만 결과 보고는 우리가 해야 하는데. 독촉이 성화같으니 우선 나와 직원이 직접 현장을 방문하여 처리가 가능하면 문제없지만 불가하면 청계천에 연락하여 처리하곤 하였으니 서비스관리과 직원은 몸이 몇 개가 필요하다고 느껴질 정도였다.

사실 여기로 오는 클레임은 대부분 정부 각 부처나 공공기관의 고위층 요청이라 특히 주의를 기울여야 했다. 하지만 많은 경우 사용 부주의로 생기는 클레임이라 사용설명서만 읽어 보았더라면 A/S가 필요 없는 누구나 고칠 수 있는 사소한 문제들이었다.

이러한 탓에 A/S부서에는 아래와 같은 웃지 못할 에피소드가 종종 일어나는데 몇 가지 사례를 소개하면 다음과 같다.

첫째, 출동하여 방문하면 우선 사나운 문지기 개에게 살살 빌어 먹거리라도 기부해야 정문을 통과할 수 있다.

둘째, 여름에는 냉장기기 고장신고가 많이 들어 오는데 특히 다방에서는 손님이 올 때마다 시원한 음료수를 찾다 보니 자주 냉장고의 문을 여닫게 되므로 미처 냉장되기 전에 음료수를 꺼내면서 "미지근하다"고 고장신고를 하는가 하면… 아이스크림 스토커의 경우 120볼트 시대에 전기사정이 나빠 밤새 전기가 나갔다 들어오면 아침에 팔려고 할 때 그만 죽탕이 되어 있는지라 화가 난 주인이 수리기사 얼굴에 너나 먹으라고 죽탕 된 아이스크림을 던지는 경우도 있었다.(한전에 해야 할 투정을 왜 우리 기사

에게 하는지 모를 일이다)

셋째. 우리나라는 김치의 종류가 많아 이것을 종류별로 장기간 잘 보관해서 맛있게 드시라고 특별히 김치만 보관하는 냉동고를 판매한 적이 있는데 고장신고를 받고 출동해 보니… 냉동고의 칸막이를 모두 제거하고 냉동고를 통째로 눕혀서 동치미 전용으로 사용하고 있는 게 아닌가? 헉~ 냉동고가 누워 있으니 정상적으로 작동될 수도 없거니와 칸막이와 플라스틱 통을 없애고 철판에 그대로 동치미를 담갔으니 소금물 때문에 부식이 일어나서 고장이 났던 것이었다.

넷째, TV가 소리는 나는데 화면이 까맣게 나오니 빨리 와 달라는 신고에 급히 달려가 보니 노인 부부가 시청하시고 있었는데…. 초기 TV제품들은 밝기를 조절하는 손잡이 노브가 앞면에 있어 청소하다가 그랬는지 혹은 아이들이 장난을 친 것인지 몰라도 손잡이를 좌우로 옮겨 밝기를 조절하면 되는데 (설명서를 대부분 읽지 않음) 왼쪽으로 옮겨 놓아 화면이 까맣게 되는 어이없는 신고였다.

이런 것들이 그냥 웃어넘길 일입니까?

물론 이런 소비자의 불만이 모든 측면에서 이해할 수밖에 없고 어려움을 주지만 새로움을 발견하고 발전할 수 있는 기회를 주기도 합니다.

엔지니어 여러분!!

"고객은 왕이고 고객의 말씀은 항상 옳다"고 받아들여야 하고 소비자와의 감정이입을 잘할수록 상품도 서비스도 성공가능성이 더욱 커질 수 있습니다.

즉 설계 전에 사용 환경을 한번쯤 조사, 검토해 보시고 시작품이 나오면 실제 사용해 줄(특히 음식영업 하시는 분들) 고객의 의견과 악조건에 대비해 주시고 시장테스트를 해 주시면 많은 수고와 비용을 절감할 수 있을 것입니다.

다섯째. 원가절감 차원에서 한때 TV 콤팩트설계가 유행이었던 시절 일선 수리기사들은 고객으로부터 욕을 먹거나 반품의 압력을 받기도 했다. 사연인즉, 수리 시에 새로 구입한 지 얼마 안 되는 TV를 고객이 보는 앞에서 커버를 열어젖히고 안쪽에 있는 기판을 뜯고 땜질을 하니 이거 불량품 아니냐 변상해 달라, 아니면 새것으로 교환해 달라는 것이었다. 이런 설계는 원가절감과 생산성 향상에 도움이 되겠지만 서비스성이 나빠 위와 같은 문제를 발생시키니 불량부품만 1:1로 교체하거나 Assembly 별로 간단히 교환할 수 있는 설계가 필요하다고 생각합니다.

A/S가 많아지면 회사 이미지 추락+인건비+출동비용+수리 및 부품비용 등이 증가하여 앞에서 이익 나고 뒤로 손해 보는 사업이 될 수도 있다.

7

가짜 A/S업체의 발호와
고발로 인한 수난

이런 와중에 사이비 A/S업체까지 나타나 부품비와 수리비를 터무니없이 많이 받으며 마치 금성사의 A/S업체인 양 여러 업체가 날뛰게 되는 상황이 되었다. 이것을 방지할 목적으로 신문에 "사이비A/S업체에 속지 마세요"하고 각 일간지에 광고를 냈는데 그만 증거부족으로 사고가 터지고 말았다. 당시 좀 크게 번창하던 가짜 A/S회사들의 업체명을 명기하여 신문에 광고하였더니 자기들은 금성사를 사칭한 적이 없다면서 남대문경찰서에(명예훼손 및 손해배상) 고발을 한 것이었다. 경찰서에서 소환장이 와서 달려가 보니 이건 명예훼손에 관한 고소이니 간단한 문제가 아니고 잘못하면 사장이 직접 경찰서에 출두해야 하고 회사의 명예에 관한 것이니 원고와 협상을 해서 취하시키는 방법이 제일 간단하다고 일러 주기에 우선은 담당형사에게 두 가지 부탁을 하였다.

첫째는 출입기자들에게 이 내용을 알리지 말아 주시고(회사의 명예 손상 위험), 둘째는 고소한 회사와 합의할 것이니 절차를 진행시키지 말고(법적 기간 1개월간) 보류해 주실 것 등을 부탁하고 돌아와, 사건 발생 경위를 당시의 영업부장들께 보고하니 당시 광고를 빨리 내라고 강력하게 질책하던 해당 부장님들이 모두 발뺌을 하시는 것이 아닌가. "박 과장이 그때 강력하게 광고의 위험성을 주장하고 설득했어야지"

나는 할 수 없이 영업담당 상무님께 자초지종을 말씀드리고 "이번 건은 친고죄에 해당하므로 사장이 직접 경찰에 출두하시어 진술해야 합니다…." 하니까 "뭐야! 그건 안 돼지. 내가 일단 사장님께 보고드릴 테니, 자네가 법정 기일까지 해결해 봐! 내가 적극 지원해 줄게" 하시는 것이었다.

'아이구야!!! 이걸 어쩌지? 변호사에게 의뢰할 사건도 아니고… 지금 우리 회사 전국 A/S체계를 구축 중이라 내 코가 석자인데, 이 바쁜 와중에 또 한 건의 시련이 닥쳐왔네요… 아~~~

정말 피곤하다… 할 수 없지.'

다음날부터 출근도장을 찍어 놓고는 그 업체로 달려가 협의차 왔으니 고소경위를 말해 주시면 협조하겠다고 하면서 현장을 두루 살피며 증거를 찾아 보았으나 모두 감추었는지 없었다. 그래서 '위협 반 회유 반 전략'을 구사하며 설득을 시작하였다.

"당신이 원하는 것부터 들어보자"
"영업을 못 하게 되어 손해가 생겼으니 전업준비에 필요한 1년 치 우리 월급과 임차료를 지원해 달라"
"그건 무리다. 현장 증거는 지금 없지만 분명히 수리하러 가서 금성사에서 왔다고 하였을 것이고 수리비와 부품비를 우리회사보다 많이 받은 것은 사실 아니냐? 수리접수카드(캐비닛에 많이 보임)를 경찰 입회하에 현장 가서 대조하면 알 수 있을 것이고 필요하면 세무서에 신고하여 탈세 여부도 조사도 할 수 있다."

그렇게 위협하면 더 이상 대화할 수 없다며 일어서길래 자세를 낮추고 "급료 3개월 치를 줄 것이니 취하해 달라"고 하니 "오늘 더 이상 당신하고 얘기하기 싫다. 나가달라."고 하는 것이었다. 다음날 다시 출근하여 "나 월급쟁이로서 이제 한참 잘나가고 있는데 이 사건으로 해서 내 목이 날아가게 생겼으니 나 좀 도와주고 함께 공생하는 방도를 찾아봅시다" 하고 설득하고 이렇게 거의 이틀에 한 번 꼴로 만나서 점심도 먹고 퇴근 시 다시 방문하여 저녁도 함께 먹으며 소주도 한잔하면서 이런저런 가족 얘기며 살아가는 대화로 결국 친구처럼 사귀게 되었다. 이후 이렇게 시간을 끌면 서로 피해가 크니 이제 결말을 보자고 하여 마지막 합의가 시작되었다.

"그럼 6개월 치로 해 달라"
"내 힘으로는 그건 무리다. 내가 그동안 계산해 보니 3개월 치가 합당하다. 회사 입장에서 수용 가능한 제안을 해야지. 우리가 변호사를 선임하여 본격적으로 대응하면 장기전이 될 테고 그사이 당신은 변호사 비용을 비롯하여 영업을 못 하고 재기 불가능한 상태까지 가지 않겠나?"

이렇게 서로 양보하여 아래와 같이 합의하고 15일 만에 고소를 취하하게 되었다.

첫째. 광고로 인한 피해보상으로 3개월분의 급료와 1개월분

임차료를 보상한다.

둘째, 우리 회사가 전국에 A/S지정점을 준비 중이니 지점으로 선정되도록 검토해 주겠다.

셋째. A/S용 부품가격표와 정품(부품)을 표준가격으로 공급해 주겠다.

넷째. 기술교본과 교육도 참여 기회를 주겠다.

이렇게 하여 이 사건은 마무리 되었지만 나에게는 평생 피할 수 없는 고통을 안겨 준 일이기도 하다. 목구멍이 포도청이라… 아니 지금까지 쌓아온 공든 탑이 무너질까 봐 배짱도 없는 편이고 몸도 허약함에도 불구하고 악으로 버티고, 책임감으로 참자니, 스트레스가 쌓이고 말았다. 전국 A/S네트워크 구축, A/S접수 및 처리 그리고 보름 동안 이틀에 한 번꼴로 우리를 고발한 회사에 출근하여 설득하느라 단 둘이서 밥 먹으며, 반주 한 잔… 반복 또 반복….

결국에는 어느 날 잇몸이 모두 벌겋게 부풀어 올라 아침 출근 후 잠시 치과에 갔더니 스트레스가 쌓이면 이런 현상이 잇몸으로 오는 것이고 다른 치료법은 없으며 무조건 약 한 달간 아무 일 없이 죽만 먹고 푹 쉬어야 가라앉는다고 처방해 주면서

지금 상태로 계속 복무하면 이가 전부 빠질 것이니 주의하라

는 것이다.

'뭐시라? 한 달간??? 아유, 하루도 못 쉬는데? 어쩌지?' 즉시 돌아와 상무님께 합의사항을 보고하면서 잇몸이 이렇게 부어 의사가 푹 쉬어야 가라앉는다는데 그냥 두면 치아가 모두 빠질 수 있다니 우선 일주일 정도 휴가를 부탁했다.

"아! 그래! 그간 수고했다. 그래, 자네 사정은 알겠는데⋯ 지금 진행되는 자네 일이 아주 중대하고 멈출 수 없을 뿐만 아니라 조속히 마무리되어야 하니 금·토·일 3일만 쉬는 게 어떤가?"
"예?? 그건 휴가도 아닌데⋯. 아~ 알겠습니다."

그 이후 지금까지 부분 틀니로 시작하여 임플란트 3개, 그리고 이제 80% 틀니로 바꾸었으니 씹고 먹는 재미가 1/3로 줄어든 셈이다⋯.

8

소비자보호단체의 출현과
엄처시하

우리나라는 여성단체를 중심으로 1970년대부터 본격적으로

소비자보호운동이 시작되었다. 한국여성단체협의회를 비롯한

많은 여성단체들이 소비자보호운동에 참여하였는데, 당시 소

비자보호운동에 참여하였던 단체로는, 한국여성단체협의회/대한여자기독교청년연합회/전국주부교실중앙회/한국부인회/주부클럽연합회/YMCA 등과 그의 협의기구인 소비자보호단체협의회가 있었다. 이 밖에 한국소비자연맹/소비자시민모임/대한어머니회/한국소비자문제연구원 등이 있었다.

이들 단체는 주로 소비자보호운동에 관한 조사연구, 소비자시장 조사, 소비생활·구매요령 등의 소비자상담 및 각종 소비자교육, 불량상품 고발 및 불매운동, 소비자정보지 발간 등의 사업을 전개하고 있었다. 대체로 이들 사업에서 가장 큰 비중을 차지하는 것은 소비자고발의 접수와 처리이며, 그다음이 소비자계몽운동이다.

이런 운동환경 속에서 우리부서도 예외가 될 수가 없고 늘 긴장하며 대기상태에 있었는데, 아니나 다를까 당사상품이 불량상품으로 고발되어 호출이 왔다. (이후도 여러 번 호출 됨)

필자가 직접 가서 설명을 들었는데 냉장고의 사용환경(식당)이 부적합하여 발생한 불량임을 해설하였더니 그런 여건에서도 문제가 없어야 한단다. 내 입장에선 의아하기 그지없었으나 '소비자는 왕인데 어쩌냐?' 할 수 없이 무상 수리해 주고는 앞으로도 이런 건이 수없이 발생할 것인데 근본 대책이 필요한 터라 그곳 서비스 접수 담당부서장과 직원의 이해를 돕기 위하여 공장방문 및 교육을 실시하기로 하였다.

버스를 대절하여 공장의 생산시설을 돌아본 후 강당에 모아놓고 설계실과 품질부서장이 생산 공정별로 조립 및 검사시스템을 설명해 주고 함께 점심을 먹으며 서로 이해의 시간을 가졌다.

결론적으로 "모든 것을 완전하게 만들 수는 있다. 그러나 그런 제품은 원가가 많이 들고 실용성과 생산성이 떨어져 상품이 될 수 없으며 또한 사람마다, 사용환경에 따라 불량 발생은 불가피한 점을 인지해야 한다"는 점을 설명했다.

이렇게 우리 부서는 처음 탄생과 함께 소비자단체로부터 엄처시하의 많은 요구와 간섭을 받았으나 공장방문 후에는 서로 좋은 파트너가 되어 상생의 길을 만들어 갔다.

8

사다리 타기 2단계,
승진과 가전 3사와의 협력

이렇게 노력한 덕분에 서비스관리부장으로 승진 발령을 받을 수 있었다. 사회생활은 사다리 타고 올라가는 재미라더니 공짜란 없는 셈이다. 공짜는 공짜를 낳고 가난의 깊은 늪에 빠지게 되기 때문이다. 아무튼 금성사에 입사하여 이제 세 번째 사다리로 뛰어올랐다. 그간의 노력을 인정해 준 회사와 함께 노력한 직원들에게 깊은 감사를 느낄 수 있었다.

이렇게 밤낮으로 서비스업무에 열중하는 사이 경쟁사가 둘씩이나(삼성과 대한전선) 생겨 피투성이 경쟁이 시작되었다. 이들

은 후발기업이라 금성사가 추진하는 일마다 그대로 따라 했고
 전국적으로 우리 대리점 코앞에 1대1로 대리점을 개설하면
서 괴롭히는 전략을 취했다. 이때 A/S도 우리를 따라 전열을 갖
추기 시작했는데 상품의 경쟁과 달리 A/S는 협조할 안건이 많
아 보였다.

 첫째. A/S 수리요금이 천차만별하다 보니 가짜A/S 업체가 덕
을 볼 수 있어 서로에게 피해가 된다.
 둘째. 소요 부품비 또한 제각각이라 고객의 원성(怨聲)은 물론
유사품이나 중고품을 속여 새것으로 고치면 A/S의 품질이 저하
되어 재발의 위험이 크며 결국 가짜 A/S업체의 난립을 초래하
여 양측 모두 본사의 신뢰를 훼손시키고 손해도 입게 된다.

 그러던 어느 날 S사의 서비스부장에게 연락이 왔다. 서비스
부장으로 발령받고 보니 어떻게 해야 할지 막연하여 금성사의
A/S체계를 좀 배우고 싶다는 것이었다. 나도 그 과정을 겪었으
니 이해가 되지만 처음에는 우리가 이렇게 고생하여 이룩한 A/
S의 'know how'를 공개한다는 데에 거부감이 있었다. 하지만
결국 위와 같은 공통 문제로 고민 중이라 마음을 바꾸어 아주
D사까지 불러서 결국 3사 서비스관리 부장들끼리 다음과 같이

합의하고 협력하기로 하였다.

　첫째. 기술료는 제품별 부위별 난이도가 있으나 부위별로 표준을 정해 보자.

　둘째. 부품가격을 새로 정할 때는 +- 5% 범위 내에서 각 사별 표준가격을 정하고 공유하자.

　셋째. 브랜드를 사칭하는 가짜 A/S 업체에 공동으로 대응하자.

　넷째. 클레임에 따른 약점을 서로 비방하거나 악용하지 말자.

　다섯째, 한 달에 한 번씩 만나 A/S 문제들을 협의하자.

　이렇게 정하고 매달 한 번씩 만나 점점 식사를 하면서 의견을 교환하다 보니 친구가 되어 그 후 시간이 흘러 각자 다른 길로 생업을 계속하면서도 자주 연락하면서 우의를 다질 수 있었다. 이 또한 감사!

9

가전제품 220V 승압 작업과
전국 순회서비스 실시

(1) 220V 승압의 국가적 정책사업 지원

우리나라의 승압사업은 국가적 정책사업으로 한국전력이 지난 1973년 시작하여 32년에 걸쳐 진행된 220V 승압 사업을 완료하고 기념식을 거행했다. 220V 승압 사업은 전력 공급능력을 증대시키고 전력손실을 감소시키기 위하여 가정용 전력의 전압을 110V에서 220V로 높이는 사업으로 누적 투자비 1조 4천억 원, 연인원 757만 명이 투입된 국가적 정책사업이었다.

220V 승압을 통해 설비 증설 없이도 2배 정도의 전기 사용이

가능해졌고, 전기 사용 시 손실도 75% 감소시킬 수 있어 세계 최저수준의 전기손실률(4.5%대)을 유지하게 되었으며, 매년 약 140억kWh의 전력손실을 절감할 수 있게 되었으며, 전력설비 건설 및 유지비도 연간 약 1,700억 원 절감할 수 있게 되었다.

아울러 손실이 절감된 만큼 제조원가가 감소하여 전기요금 이 인하되는 효과가 있고, 국제적으로 이미 220V급으로 표준화 되어 있는 가정용 전압을 채택함으로써 기자재 제조업체는 국 제 표준전압으로 기기를 제작할 수 있어 품질 향상과 국제 경쟁 력을 확보할 수 있다는 강점이 생겼다. 또한 전압변동율이 적 은 양질의 전기를 공급하게 됨으로써 고화질 TV 등 정밀 가전

전국 순회서비스 시절(우측 첫 번째가 필자)

기기의 사용도 가능해졌다.

　한편, 승압사업 추진 시 당면 문제였던 전압상승에 따른 감전 등 안전대책과 기존에 사용하고 있던 110V 가전제품의 처리 방법은 누전차단기의 개발과 적용으로 안전대책을 마련하였고, 가전제품은 기기 개조교환, 강압기 지급 등 기기보상과 제조업체의 220V 전용기기 개발 등 국민들의 이해와 협조를 통해 극복할 수 있었다. 또한 승압방식의 탄력적 운영(110V→110/220V 겸→220V) 등 시기적절한 정책 전환도 큰 도움이 되었다.

　이와 병행하여 우리 서비스 부서도 각 서비스센터별로 여기에 동참하여 기기 개조와 교환 및 강압기 설치 등 순회 서비스를 몇 년간 실시한 바 있으며 이후 설계부서는 220V 겸용 내지 전용기기 개발로 수십 년에 걸친 국책사업에 슬기롭게 대응할 수 있었다.

(2) 전국적인 순회서비스 작업

　상품의 판매가 부진할 때에는 판매촉진책의 일환으로 전국적인 순회서비스를 하면서 판매활성화에 기여한 바 있고, 여름철 장마 때에는 항상 비상근무체제로 돌입하여 피해지역에 임시 서비스센터를 설치하고 가전제품은 물론 다른 전기제품도

청소하고 수리하여 수재민을 돕기도 하였다. 이런 경우 말은 쉽지만 비가 오는데 시골길 개울을 건너다 시동이 꺼지면 차 뒤쪽에서 밀다가 물에 빠지거나 흙탕물을 뒤집어 쓰는 경우도 있었고, 작업하다 보면 빨리 배가 고파 오는데, .수해지역에 별 먹거리가 없는지라 따뜻한 물을 얻어와 라면을 끓이거나 빵으로 때워야 하는 어려움 등이 있었다. 이상하게도 이런 시련들은 시간이 지나도 추억으로 남고 잘 잊히지 않는다.

A/S는 결국 기업의 사회적 책임을 완수하는 마지막 단계라고 할 수 있다. 내구제품을 생산하는 기업 입장에서는 A/S데이터를 모아 재발 방지나 품질 개선을 할 수 있을 뿐만 아니라 재구매를 유도하고 오랫동안 고정고객으로 관리할 수 있는 장점이 있다. 예나 지금이나 품질은 기업의 생명과도 같아 한번 실패하면 브랜드가 손상되면서 그 피해 또한 막대하여 그것을 회복하는 데 많은 시간과 비용이 투입된다는 점을 깊이 새길 필요가 있을 것이다.

특히 사소한 사고에 대해서 시간이 지나면 점차 수그러들겠지 하고 방심하는 회사가 의외로 많은데 무조건 즉시 출동하여 즉석에서 대처해야지 미적미적하다가는 돌이킬 수 없는 큰 화를 입는 경우가 많이 발생한다. 특히 요즘은 정보가 삽시간에 온 지구를 한 바퀴 도는 세상이므로 대처 시기를 놓치면 사장이나 회장이 나서도 해결이 어렵고, 시간이 흐를수록 막대한 자금이 소요되며 법적 문제나 불매운동에 시달려 브랜드에 큰 타격을 주기도 한다.

　한때 창원공장에서 성수기에 냉장고/에어컨 출고를 거부한 적이 있었는데 부사장을 비롯하여 각 영업부장들이 성수기며 M/S경쟁상 출하가 시급한데 품질에 문제가 있어 품질관리부장이 출하를 중지시키자 전국적으로 아우성이 난 적이 있었다.

　이때의 부사장 지시는 왕명과도 같았으나 당시의 품질관리부장은 견디다 못해 도망을 할지언정 품질에 문제가 있는 제품을 출하하는 것은 허가하지 않았다. 당시 우리 부서도 내심 품질관리부장을 응원하기도 했다. 이런 강직한 간부도 있었던 것이다.

10

서비스관리부의 업적과
나의 비전

(1) 업적

우리 서비스관리과 6명은 우리나라 최초로 짧은 기간에 아래
와 같은 일들을 완수했다는 사실을 자랑스럽게 생각했다.

1) 양산과 별도로 서비스용 부품을 자체 수급계획을 세워 각

　서비스센터에 공급하였다는 점

2) 서비스용 부품의 가격표를 전자, 전기로 나누어 제작하여

　전국 대리점까지 배포하였다는 점

3) 서비스 업무규정을 만들어 그것을 표준으로 업무를 집행

하도록 하였다는 점

4) 전국영업소에 서비스센터를 개설하고 불량통계를 체계적으로 수집하고 피드백하여 품질 개선에 이바지하였다는 점

5) 각 센터에 전기/전자수리 기사와 긴급출동 차량을 배치했다는 점

6) 〈가전제품의 기술교본과 간이 손질법〉이라는 책자를 만들어 누구나 깊은 기술 없이도 수리할 수 있게 한 점

7) 당사의 기사는 물론 대리점 A/S기사들에게도 기술 및 매너교육을 정기적으로 실시하여 A/S기술능력을 향상시켰다는 점

(2) 서비스관리부서에서 지향했던 나의 비전

1) 서비스 지정점 제도

◎ 정의

첫째, A/S기사로 재직하다가 정년퇴직하거나 중퇴하더라도 수리기술만 합격하면 고향이나 주민밀집지역에 수리점을 개설하여 생업을 계속하게 하는 제도.

둘째, 가짜 수리업체들에게 지정점(요건)을 인정하여 당사의 일원으로 흡수하고 정당한 활동을 보장하여 상생하려는 제도.

◎ 목적 및 장점

첫째, 기사들에게 퇴직 후에도 안전한 생활대책을 마련하여 현업에 충실할 수 있도록 유도

둘째, 당사의 서비스센터에서 담당할 수 없는 지역이나 시간에도 24시간 A/S 태세를 갖춤

셋째, 난립하는 가짜 수리업체를 제도권으로 흡수 및 당사의 우호고객으로 만듦

그 후 몇몇의 A/S 기사들은 실제 마산과 전주에서 수리점을 개점하고 영업을 시작하였는데 내가 영업부장으로 전근된 후 그 제도의 참뜻을 이해하지 못했는지 활성화되지 못해 안타깝다.

2) 서비스기술 학교의 설립

내가 추진하려는 2번째 목표는 서비스기술학교 설립이었다. 사실 내구제품을 만드는 회사면 반드시 A/S가 필요한데, 단순하게 고장수리에 끝나지 않고 상품의 수명주기에 따라 무수하게 쏟아지는 진부화/불량제품의 수거, 재생, 폐기까지 환경문제를 해결해야 하는 기업의 사회적 책임이 크기 때문이다. 이 문제를 해소하기 위한 첫 번째 임무는 고장난 가전제품을 수리하는 우수한 기사를 양성하는 것인데, 신·구 상품의 종류도 많

고 모델도 다양하여 이를 감당하기에는 기술적으로 역부족이기 때문이다.

또한 A/S 기사는 수리기술만 있다고 다 해결되지 않으며 기본적으로 인성(예의범절)을 갖추고 그다음 기술이어야 한다. 전화나 방문예절을 비롯하여 마무리 작업까지 어느 하나의 결례로 말미암아 회사의 이미지를 실추시키는 사례가 있는데 특히 여성고객들은 한번 뒤틀리면 다시 거래하지 않는 경향이 강하고, 친목모임에서 그러한 사례가 퍼져나갈 수 있어 기사 교육이 제대로 되어야만 했다. 그 외에도 각 제품별 수리 기술교본/부품가격표 제작을 비롯하여 수리용 기자재와 공구/장비 등도 제대로 갖추고 용법도 실습해야 하니 쉬운 일이 아니었다.

이렇게 서비스체계 구축에 5년을 매달리다 보니 도사(道士)는 못 되어도 A/S에 대한 확고한 신념을 갖게 되었고, 회사생활에서 내 생애 최고의 능력을 발휘하며 무에서 유를 창조하며 몰입하고 고생하였던 때라 많은 애착을 갖게 되었는데 그만 갑자기 대전 영업부장으로 전근되면서 물거품이 되니 아쉬움만 남고 말았으니 안타깝기도 하다.

그간 서비스관리과를 만들어 부로 승격시키기까지 5년간을 회고해 보니 지겹도록 많은 일을 성취했다. 그런데 내 뜻은 아니지만 혼자 훌쩍 떠나는 것이 죄짓는 기분이며 함께한 동료직원들께 참으로 미안한 마음이 앞섰다. 그래도 그 엄청난 일을 거의 마무리 하고 떠나니 한편으로는 홀가분하기도 했다. 서비스관리 동료들이 모쪼록 초심을 잃지 말고 유종의 미를 거두어 주시고 모두 건승하기를 기원한 것이다.

제5장

명! 대전영업부장
그리고
역경의 시간

1

가전시장의 변화와
깜깜이 발령

어느 날 갑자기 대전영업소장으로 발령을 받았는데, 처음에는 영문을 몰랐다.

몇 가지 분명한 사실은 그때의 영업환경이 어렵게 전개되고 있었고 강력한 경쟁사(삼성)의 출현으로 경쟁이 점점 치열해지고 있었다는 것이다. 기존에 판매되던 가전제품(흑백 TV/선풍기/냉장고 등)의 보급률도 6~70%에 이르게 되었던 시기라 컬러 TV가 처음 생산되기 시작했을 때 회사와 대리점 및 소비자도 모두 기대가 컸다.

하지만 당시의 국민소득 수준으로 보아 아직 좀 이르다고 판단한 정부는 위화감 조성 등의 이유로 수출만 허용하고 시판을 보류하였다.

"흑백TV도 없는 사람이 많은데 그보다 훨씬 비싼 컬러TV가 나오면 없는 사람들은 더 비참해지잖아. 나는 청계천 다리 밑에 사는 사람들까지 다 잘살게 해줄 수는 없지만 못사는 사람들에게 더 초라한 생각을 갖게 해 주기는 싫어." 그당시 박 대통령께서 주변 사람들에게 들려줬다는 '컬러TV 보급 반대 이유'다.

이와 때를 같이하여 대리점들도 침체기에 들어선 가전상품 시장에서 고전을 면치 못하고 결제잔고(재고)만 높아지고 있었으니 컬러 TV에 목을 걸고 있을 수밖에 없었다. 이런 때 영업에 관하여 별로 지식이나 경험이 없는 나를 이런 성숙기 가전영업에 투입한다는 것은 서비스관리과 창설 때와 같이 또 구원투수로 선발한 것이 아닌가? 하는 생각이 들었다.

아무튼 하필 제일 어려울 때 중부영업소, 그것도 공업도시가 아닌 농수산 산지로 평균 소득이 다소 낮은 충청도와 전라도 지역으로 파견된 것은 내게는 또 다른 새로운 길이며 도전이었다. 당시의 영업은 외향적 성격, 활달함, 소통과 사교술이 필요했던 만큼 내성적이고 보수적인 내게는 고행길이 훤히 들여다보이는 상황이었다.

'아~~입사 후 벌써 세 번째 이사 아닌가?

우선은 사택이 있으니 혼자 부임할 수 있지만… 깨끗하고 정겹게 꾸며 살던 서울 집을 남에게 세를 주면 어떻게 되지?

아이들 전학으로 또 새로운 환경에 적응하느라 고생이 많겠지?

그 당시는 지금의 포장이사가 아니고 하나하나 몸으로 하는 이사이기 때문에 지금의 생각보다 훨씬 어려운 작업이었다. 심란한 생각에 밤늦도록 뒤척이다가 선잠을 자고 나니 머리가 띵했다.

2
왜 하필
대전영업소지?

　본사 서비스관리부에서 근무하면서 영업분야의 정보를 옆에서 종종 듣기는 하였지만 영업이라는 직무를 한 번도 해본 적이 없는 나를, 그것도 험지인 충청/전라도를 맡기다니??

　누가? 왜? 갑자기 나를 추천하였을까?

　우선은 단신으로 부임하여 현상 파악에 나섰다. 대전영업소 관할지역이 대전/천안/청주/충주/전주/광주/순천 이렇게 6개 시라는 것과 기타 현황을 개략적으로 듣고 우선 해야 할 업무를 아래와 같이 정리하여 연락소에 준비하라고 지시하고 나니 하루 해가 저물었다.

1) 관할 각 연락소장 및 직원에 대한 인적 현황

2) 각 연락소별 대리점 수와 대표 및 직원 현황

3) 각 소별 대리점별 연간 판매현황과 잔고 및 재고 현황

4) 각 소별 인구/가구 수와 소득수준 및 주된 소득원

5) 각 소별 경쟁사 대리점 수와 전략. 전술=입지/판촉 지원/
   A/S 지원 및 여신정책 등

6) 기타 현재의 문제점 제시

이렇게 현황 파악을 위한 자료를 각 연락소장에게 준비시키고 다음날은 숙소를 청소하고 나서 대전시내 대표 대리점을 방문하고 부임인사를 나누었다. 이분은 금성사 대리점(실제로 대전 총판 역할) 사업으로 많은 부를 축적한 전국적으로 3위에 있는 분이니 찾아뵙고 고견을 들어 보는 것이 예의이고 나는 영업 초년생으로서 많은 가르침을 받을 만하다고 생각되었다.

3
연락소장 회의와
현상 파악

  각 소별로 3일간의 준비를 마치고 연락소장 회의를 대전에서
실시하면서 다음과 같은 결론에
  도달하였다.

1) 선풍기/냉장고/흑백 TV 등 가전제품시장이 대전영업소
   관할지역의 경우 도시지역의 보급률이 6~70%에 육박하나
   시골은 3~40% 수준이라 작지만 꾸준한 수요 예상.
2) 시골(농촌)의 주 수입원은 농/수산/축산물이기 때문에 수확
   기에 맞추어 철부로 판매함으로 정상적인 수금의 어려움

있음(봄: 야채 종류와 임산물, 여름: 참외/수박/과일/마늘 등, 가을: 무. 배

추. 고추/과일/곡식/잎담배 등 판매)

3) 없어서 못 팔던 시절 다 가고 대접받던 갑이 을로 변하여
설득과 독려 및 교육 그리고 광고 지원과 같은 전략/전술
로 전환이 불가피하다.

4) 영업직원들의 정신자세를 현 시장상황에 맞추어 재교육
하고 재무장해야 함

5) 당사 대리점 앞 마주 보는 장소마다 매장을 개설하는 경쟁
사의 유통전략은 우리를 피곤하게 할 뿐만 아니라 대응전
략을 시급히 수립, 추진해야 할 과제

6) 대리점 사장들도 만들면 팔리던 시대의 구태를 일신하도
록 경쟁시장에서의 생존방법을 재교육 필요

이렇게 하루종일 영업소장 회의를 주재하였으니 인간적인
상견례를 할 겸 저녁식사와 함께 반주를 들면서 연락소장들과
격의 없는 소통과 인성 등 태도를 면밀하게 살피고 격려하는 기
회를 가졌다. 나는 본래 술이 몸에 맞지 않은 체질(알러지 체질)이
지만 당시의 영업환경상 음주는 불가피한 교제 수단이니 이제
부터라도 술과 친해 보자 각오하였다.

4

새로운 영업방침 제시와
각 연락소 순방

이렇게 1박 2일간 연락소장 회의를 마친 후 앞으로 이 지역의 영업방침을 일단 다음과 같이 제시하였다.

(1) 중부영업소 영업지침

내가 지침을 제시하자 갑자기 "영업소장의 영업지침이 뭐가 필요해?" 하면서 의아해하는 사람들이 많았다. 경쟁환경에 맞게 이제 잘 해 보려고 연락소 회의결과를 토대로 만든 지침인데…. 물론 지금까지는 만들면 팔리던 시대였기에 대리점에서 주문 오면 또는 신상품을 만들면 지역별로 적당히 배정해 주고 수금만 잘하면 유능한 소장이지 무슨 방침이나 전술이 필요하냐는 생각도 이해는 간다.

그러나 영업전선의 경쟁 양상이 크게 달라지고 있는데 그냥 손 놓고 있겠다?

그러면 영업에서 손을 떼야 할 것이다.

앞으로는 가전 3사를 비롯하여 외국의 유명 메이커들과도 피나는 경쟁의 시대로 진입하게 될 것이기 때문이다. 따라서 지금까지 습관적 관행으로 추진하던 영업활동을 모두 정리하고 다음의 원칙에 입각하여 실천하기를 부탁하였다.

1) 먼저 회사규범과 양심에 입각하여 행동한다.
2) 이젠 대리점을 설득하고 지원할 수 있는 컨설턴트로서의 전문지식과 소양을 갖추도록 한다.
3) 대리점의 능력(사장의 능력과 가족관계/직원현황/점포위치/재력/판매력/재고와 채권 등)을 정확히 파악하여 실정에 맞게 지원한다.
4) 대리점을 중심으로 그 지역 상권을 분석하여 인구/소득/소비/지역특성/보급률과 M/S 및 경쟁사 정보 등을 주기적으로 파악하여 보고하고 그 대응전술을 수립, 실천한다.
5) 매월 1일 영업회의를 대전에서 실시하며 전월의 실적을 분석, 평가하고 반영하며 다음 달의 계획(목표)을 전사목표

에 의거하여 책정하고 연락소별로 배분, 집행한다.

6) 회의결과를 종합하여 본사 영업상무께 보고하고 필요한
조치를 강구한다.

(2) 중부영업소 관할 순방과 현황 파악

우선 대전연락소 관할 대리점부터 순방을 시작하였다.

하루에 1개 연락소와 대표 대리점을 순방해야 하니 이동하는
차에서 쉬면서 충청남북도와 전라남북도를 20일 동안 강행군
하였다.

1) 영업소 순회–전주–광주–순천–청주–충주–천안

나는 거의 1개월간 관할지역을 순방하면서

▶지금까지 겪었던 중점적 애로사항과 앞으로의 각오 및
대응방안?

▶당사 직원과의 공·사적 인간관계는?

▶이 지역 인구분포 및 가구 수/소득수준과 주된 특산물은?

▶현 점포의 위치의 적합성과 경쟁사 동태 및 개략적인
상품별 M/S는? 등등

각 대리점 정보와 지역별 상권자료 및 그간 누적된 불평 및

애로사항을 수집하면서 많은 것을 배웠습니다.

이상에서 특기할만한 사실은

▶영업소나 관할 연락소 모두 관할지역의 판매/수금실적 자료뿐, 지역 및 상권 관련 정보가 별로 없이 상식적, 관행적으로 생산-주문-배송-수금이라는 반복된 업무만 되풀이되었다는 것.

▶대리점은 대리점대로 그저 상품을 받아서 판매하기 바쁜 세월을 지나다 보니 고객관리나 경쟁 전략은 별로 깊이 생각하지 못한 듯 컬러TV 출하만 고대하는 눈치였지요.

▶본사는 본사대로 여름에는 선풍기와 에어컨, 가을과 겨울에는 세탁기와 TV 등 계절제품을 일방적으로 지역 특성과 상관없이 전국적 광고/판촉행사를 추진해왔다는 사실입니다.

2) 잘못된 관행의 타파와 화합

▶순방결과 각 연락소 별로 잘나가던 시절 대리점 사장과의 잘못된 관행이 있어 모두 수집하여 1:1로 정리해 주고, 이제는 좋은 시절 다 가고 피나는 경쟁시대에 돌입하였음을 자각하도록 일깨우면서 직원 모두가 영업의 전문 컨설턴

트로서 실력을 갖추도록 주문하였으며, 소장회의에서 제시한 6개항의 영업지침을 공유하도록 하였다.

제6장

박승찬 사장의
서거와
새 사령탑의 진주

1
CEO와 영업 사령탑의
신규 교체

　박승찬 사장께서 출근길 불의의 교통사고로 서거하시면서 내부 승진이 아니고 럭키화학으로부터 새로운 사장 및 부사장과 영업상무 그리고 본부장 2명이 함께 전근해 오시게 되었는데 상중에 너무나 갑작스런 일이라 우리는 점령군이 입성했다고 떠들썩하며 불안에 떨기도 하였다.

　왜냐하면 럭키화학이라는 회사와 금성사는 한 그룹 내 다른 회사지만 사업환경이 다르고 상품 및 경영문화가 다른데 새로 부임하시는 분들이 금성사의 기존 경영관행을 그대로 답습할 리는 만무하고 또한 그간 누적된 보수적 관행적 경영관리체계를 바로 잡아야 할 뿐만 아니라 개혁 팀으로서의 성취의욕과 체면을 세워야 하니 그 빠른 방법의 하나가 인적 쇄신과 조직혁신이 아니겠는가?

2
조직개편 및 인적 쇄신

(1) 기준이 모호하였던 새 인사방침

나를 서비스관리부장에서 중부영업부장으로 발탁하시면서 "서비스관리부처럼만 열심히 일해 줘. 박 부장을 믿는다" 하시면서 용기를 주셨던 영업담당 박 이사께서 인적 쇄신 정책의 일환으로 제일 먼저 퇴사하셨다는 소식을 들었다. 리더십과 포용력도 좋으시고 열심히 잘하셔서 이제 막 이사로 승진하셨던 상황이었다.

영업의 모든 책임이 그분에게만 있는 것도 아닌데… 그만한 인재들을 키우기 위해 많은 시간과 돈이 투입되었는데 낭비 아닌가? 아무리 개혁이라지만 그간 쌓아온 영업 know how도 많이 있고 계승할 장점도 많은데… 군사 쿠데타도 아니고 무조건 과거는 잘못되었고 나쁘다는 사고방식으로 조직과 인재를 모두 재정비하면서 내보내면 기업의 전통과 문화가 한꺼번에 사라지면서 새 살이 돋아 정상화될 때까지 오랫동안 공백기가 생기고 침체에 빠질 수밖에 없다는 생각이었다.

그 후 얼마간 관망해 보니 과거 무엇이 잘못되고 좋았는지 분석/검토하여 혁신전략을 수립하여 전사가 공유해야 했는데 그냥 경쟁사와 M/S 경쟁에 매몰되다 보니 결국 대형 중점대리점에만 집중적으로 차떼기로 출하되고 군소대리점은 상품을 세운상가 덤핑시장에서 받아다 파는 왜곡된 유통망이 생겨나고 말았다. 그 결과 가전상품의 유통망이 엉망이 되고 결국 가전시장이 혼란만 가중되는 상황으로 전개되면서 대리점제도의 종말을 고하게 되고 말았다. M/S경쟁상 불가피한 조건도 존재하였지만 이런 영업정책은 정상적이라고 볼 수 없기에 "구관이 명관이다"라는 말을 새삼스럽게 떠올렸다.

그 후 그분(박 이사)은 생활이 어려워져서 내가 희성금속으로 전근되어 관리담당 상무로 근무 당시 내게 책을 팔러 오신 기억이 아직도 마음 한구석에 가슴 아픈 기억으로 남아 있다.

(2) 마케팅본부의 신설과 영업부장 및 연락소장들의 수난

회사 인수 팀은 마케팅본부를 신설한 후 판촉과/상기과/관리과 등을 마케팅본부로 흡수시키고 영업의 모든 의사결정을 강부사장과 이 상무 및 마케팅본부장이 주도권을 잡고 추진하게 되었는데 이때 직, 간접적으로 영향을 받아 불행하게도 영업부장들이 많이 사퇴하였고 연락소장들도 일부 나가게 되었다.

그간 축적된 가전영업의 노하우와 함께 영업의 인재들이 큰 과오도 없이 퇴출되었으니 안타깝고 불행한 일이었다. 본인은 다행이 중부영업부장으로 전근된 지 얼마 안 되고 서비스관리부의 업적을 인정받아 살아남았다고 생각한다.

그 당시 또 한 가지 억울했던 사연은 당시 시계사업부가 있었는데 기존 시계시장에 전자시계가 유행 따라 출현하면서 시장이 갑자기 팽창하니까 중소기업 영역이었던 시계시장에 대기업 즉, 삼성과 엘지가 뛰어들어 격심한 경쟁이 시작되었다. 이 시장 역시 두 대기업의 M/S 경쟁으로 전국 각 시계점에 물량 공세를 퍼부었는데 소형 시계상점들이 판매며 재고를 감당할 수 없게 되면서 부도가 속출하게 되었다. 그때 시계사업부를 맡게 된 분은 영업경험이 전무한 총무/인사 전문가인 김 사업부장이었는데 어떻게 갑자기 생소한 시계사업부를 맡게 되었는지 모르지만, 미처 사태파악도 제대로 할 수 있는 충분한 시간도 없이

관리불실과 부도 책임을 떠안고 회사를 사직하게 되었으니 인사/총무의 유능한 인재를 적재적소에 활용 못 한 낭비 아닌가?

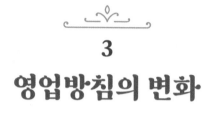

3
영업방침의 변화

(1) 매출 및 수금 방침의 변경

종전에도 있었지만 영업환경이 악화되어 실천을 보류했던 제도인데 대리점의 부도를 방지하기 위하여 대리점별로 관할 상권과 판매력 및 여신한도를 정하여 약속일에 수금이 안 되면 상품의 출하를 자동 중지시키는 제도였다. 어려운 때에 갑자기 방침을 변경하다 보니 하루아침에 실현되기 어려운 사정이 있었다.

첫째, 그때 컬러 TV 생산 및 판매허가가 지연되었다.

둘째, 양보 없는 가전 3사의 혈투로서 즉 새로 시장에 진입하여 영토를 확장해야 할 후발 경쟁사의 광고폭탄/일대일 점포확산 전략/M/S 주도 덤핑전략 때문이다. 결국 M/S 확대를 위한 3사, 특히 S사와의 과당경쟁은 정상적이던 가전상품 유통시장의 기능을 왜곡시켜 세운상가 차떼기 덤핑으로 이어지게 되니 대형대리점 몇 곳을 제외하면 일반대리점들은 극심한 혼란과 어려움에 봉착하게 되었다. 어찌 보면 이런 영업관행은 나쁜 습관을 만들게 되고 단기간에 좋은 성과를 창출할 수 있을지 모르지만 장기적으로 보면 거래질서를 파괴하고 자금력 있는 거상들만 배 불리는 결과만 초래하게 되는 모양새였다.

이런 환경에서 회사가 부도위기에 처할 만큼 자금사정이 악화되자 우리는 피 말리는 수금독려에 시달려야 했고 일 년 중 거의 3~4개월을 거래처 순방출장을 하게 되었었는데 그 덕에 술 실력과 사교술은 조금 늘었으나 가정생활은 빵점을 받을 수밖에 없었다. 공장에서는 물론 서울로 전근된 이후로도 정상적인 휴무를 찾아 가족과 함께 힐링할 수 없던 시기라 퇴근하면 아이들은 이미 자고, 일찍 출근할 때도 역시 자고 있으니 어쩌다 일요일을 제외하면 아이들과의 대화나 놀아주기는 거의 불가능하게 되었던 것이 두고두고 회한이 남는다.

그런 상황 속에서 수금기준과 압박은 전국 동일조건으로 적용하다 보니 문제가 생겼다. 사실 서울과 부산을 제외하면 나의 지방연락소가 있는 지역 고객들의 경우 농산물/과실/수산물 소득으로서 일 년에 한번 수확하는 소득이 대부분이며 일기에 좌우될 뿐만 아니라 소득수준 또한 낮은 영향으로 수금이 쉽지 않고 매번 욕을 먹어 사기가 땅에 떨어진 상태였다. 그래서 영업상무께서 중부영업소에 순방 오시는 날 용감하게 다음과 같은 안을 제시하고 설득을 해서 승인을 받았다.

◎ 서울과 부산의 각 영업소는 총 잔고의 30%를 매월 책임 수금한다.
◎ 나머지 지방 영업소는 총 잔고의 25%를 매월 책임 수금하되 연락소 별 차이는 영업소장이 조정한다.

사실 5%의 차이는 지방 대리점들이 지역별 농수산물의 수확기별로 월부나 철부로 판매를 하므로 상업지역이나 공업지역처럼 수입이 일정치 않아 생기는 수금 패턴을 적용한 합리적인 방안이다.

사실 회사의 영업방침은 대단히 민감하고 중대한데 영업부서는 어떻게 대리점을 선정하고 관리하고 설득해야 하는지, 그리고 대리점은 어떻게 고객을 관리하고 설득하고 만족시켜야 하는지를 결정하는 지침이므로 상품의 보급률이나 고객의 취향을 비롯하여 소득수준 및 경쟁강도에 따라 시의적절하게 보완해야 하기 때문이다.

(2) 대리점 순회와 고객관리교육

이상과 같은 시장의 왜곡은 결국 각 대리점의 판매방식에 있어 종전처럼 고객이 찾아오면 상담하는 것이 아니라 이제 찾아나서야 하고 또한 그동안의 판매데이터를 기반으로 고정고객을 정성껏 관리해야 하는 시대가 되었음을 교육할 필요가 있었다. 따라서 약 2개월을 정하여 연락소별로 고정고객관리 순회교육을 영업상무 입회하에 내가 직접 실시하였다.

그 당시만 해도 고객관리에 대한 전문가나 교육이 없었던 때이고 나 자신 또한 고객관리에 대하여 공부하거나 직접 해 본 적도 없는 처지였기에 마케팅이나 판매관리 및 채권관리 책을 구입해서 열심히 공부하며 잘 아는 척 가르쳤으니, 진땀이 나지 않을 수 없었다. 여하튼 타이밍을 잘 맞추어 시장변화에 따른 대리점 사장들의 변신의 필요성과 판매방법의 변화를 일깨워 주었으니 다행이었다고 회고된다. 이 또한 감사!

(3) 광주연락소 순회와 5.18 사건

여기서 잠깐 1980년 5,18 사건을 한 토막 짚고 넘어가 보겠다. 그 당시 나는 중부영업소장으로서 지방연락소를 순회방문 중이었는데 대전을 출발하여 전주에서 1박 후 그날 오전에 광주에 도착하니 광주시내 입구에서 군의 통제가 있어 무엇인가 불안한 분위기를 살필 겸 잠시 다방에 쉬면서 사태의 추이를 살피고 있었다. 그런데 군의 작전차량들이 완전무장을 한 채 광주시내로 진주하고 있었고 하늘에는 헬리콥터가 날아 들어가는 것이 보였는데, 조금 있으니 탕 탕 탕 총 소리가 들리기 시작하였다. 박정희 대통령 서거 후 정국이 불안하던 때이긴 하지만 평화시대에 웬 총소리인가?

광주에서 전쟁이 났나? 하는 생각이 들었다. 하기야 그 당시 전두환을 중심으로 하는 신군부가 12.12 군사 정변으로 정국을 장악한 때라 전두환 퇴진과 계엄령 해제를 외치며 학생들의 시위가 한창이던 시기였다.

급히 광주연락소에 전화로 연락하니, "들어오시면 안 됩니다. 지금 시내에서 총격전이 벌어지고 있어요! 시내에 온통 시위와 돌팔매가 난무하고 서로 총격을 교환하고 있으니 위험합니다"라고 하는 것이었다.

나는 "그래??? 그러면 직원들 안전 귀가를 부탁하네" 하고서 부랴부랴 대전영업소로 줄행랑을 쳤지 뭡니까. ㅎㅎㅎ

지금 생각하니 좀 더 숨어있다가 경찰서에 잡혀가서 명단에 올렸으면 5.18유공자로 선정될 수 있었는데 말입니다. ㅎ.ㅎ.ㅎ

하기야 지금 엉터리 유공자가 많다고 하니 한번 정비가 있어야 하겠지요.

4

영업의 정신강화 훈련
(4차에 걸친 100리 대행군)

* 온양(81.5)/계룡산(82.10)/수안보(83.4)/부곡(83.9)

(1) 1차 서울에서 온양온천까지(1981년 5월)

당시 영업부서가 아닌 분들은 4차에 걸쳐 완전무장은 아니지만 가방 메고 밤 10시부터 밤샘으로 영업부서만의 100리 대행군을 4차례나 하였다는 사실을 잘 모를 것이다.

이 행사는 박승찬 사장께서 교통사고로 급서하시면서 새로 부임한 강 부사장의 지시로 영업의 정신 재무장과 경쟁시장에서의 필승을 다짐하기 위하여 시작하였다. 군에서 제대 후 오랜만에 이런 행군을 하면서 처음에는 영업환경이 어렵기는 하지만 꼭 이렇게까지 하여야 하나 하면서 밤이슬을 맞으며 혼자

투덜대며 걷던 생각이 지금도 선명하다.

처음 시작은 토요일 오후 6시경에 일찌감치 단체로 저녁을 마치고 버스로 평택 근처 학교 운동장에 내려 준비운동을 한 후 각자 음료수를 지급받고는 출발하였는데 물론 회사버스가 뒤따라오면서 낙오자를 태웠고 약품과 간호인력도 함께하였다. 사실 말이 쉽지 지금처럼 차가 많거나 길에 야간 등이라도 켜져 있으면 밝아서 걷기가 좀 수월할 테지만 야간 등도 없는 캄캄한 밤에 비포장 국도를 따라 밤 이슬 맞으며 걸어가다 보니 별 생각이 다 나는 것이었다.

'왜 우리 영업부서만 이렇게 고생해야 하나? 보여주기식 행사 아닌가? 당시의 유행에 따라?'

긍정과 부정이 교차되면서 이것이 나를 살리고 회사를 살리는 것과 무슨 상관이 있을까? 등등….

지금 기억으로는 중간에 두 번인가 쉬면서 간식을 먹고는 밤새도록 걸어 새벽 4시에 무사히 온양온천에 도착하였다. 비몽사몽간에 걸어왔으니 졸리고 피곤한 터라 모두 대중탕으로 직행하였는데 뜨거운 온천탕에 들어가 눈을 감으니 긴장과 피로가 풀리면서 잠이 스르르 왔지만 정해진 시간이라 각자 지정된

방으로 가서 휴식 겸 자고 다음날 아침 8시에 기상하여 조식을 끝내고 강당에 모여 부사장의 훈시와 정신강화 교육을 2시간 받고는 행사를 종결하였다.

참 온천이 좋기는 좋았는지 뜨거운 물에 들어가 목까지 잠그고 땀방울이 이마에 흐를 때까지 있다 나오니 날아갈듯 피로가 확 풀렸다. 비록 4시간 남짓 수면을 하였지만 누구 하나 불평불만 없이 무엇인가 해냈다는 자신감이 생겼고 크게 피로하지 않아 성공적으로 행사를 끝낼 수 있었다.

돌이켜보니 이런 행사는 큰 비용 안 들이고 단기간에 여러

영업의 대행군 다짐. 가운데 이광현 씨. 우측 끝이 본인

직원의 정신무장을 강화시키고 긴장감을 조성함으로써 성과를 올리는 데 아주 유용한 방법이라고 할 수 있겠다.

그래서 나도 희성금속에서 근무 당시 이 방법을 동원하여 침체에 빠져있던 임직원의 정신을 재무장시키고 조직의 생기를 되찾게 한 바 있고, 또한 부산에서 도산한 중소기업을 재건할 때도 금정산에 올라가 단체훈련을 하면서 실의와 침체의 늪에 빠졌던 조직을 활성화하여 조기에 원상으로 재건하였던 기억도 있다.

이후 경제적 어려움이 닥치자 이런 정신적/육체적 훈련이 거의 유행처럼 번졌다. 이런 훈련을 전문으로 하는 업체가 한때 성수기를 만나 재미를 보았고, 청평에는 전문 강의장까지 만들어 산행은 물론 해병대 도강훈련까지도 하였던 기억이 아련하다. 삼성 이병철 회장도 반도체 개발 시 일본이 기술을 제공해 주지 못하겠다고 하자, 150여 명의 연구원들에게 우리처럼 무박행군을 통하여 정신무장을 시켜 3년 만에 자체기술로 만들었다는 일화도 있다.

(2) 2차 대구에서 부곡온천까지(1983년 9월)

이때도 영업 임직원 전원이 기차로 대구로 내려가 경남 창녕

군 부곡면에 위치한 부곡온천을 목표로 저녁을 먹고 출발하였다. 출발지점이 어디였는지는 정확히는 기억나지 않지만 100리면 약 40km인데, 부곡까지는 70km이니 100리가 넘는 셈이다. 중간중간 쉬기는 하였지만 초행길이고 비포장도로라 자동차가 지나갈 때마다 뿌연 먼지를 뒤집어써야 했고, 초가을이라 이슬에 젖어 한기를 느끼며 묵묵히 가자니 다시 한번 회의가 찾아왔지만 허약한 내 심신을 단련한다는 일념으로 말없이 줄을 따라 걷고 또 걸었다.

요즘과 같은 좋은 등산화나 옷도 아닌 일반운동화나 군화를 신고 운동복 비슷한 옷들을 챙겨 입은 채 그 먼 거리를 한밤중에 걷게 되니 다리도 아프고, 배도 고파 모두들 말없이 조용히 걷기만 하는 모습이었다. 물론 중간에 주먹밥을 한 덩이씩 먹었지만 젊은 혈기로 버티면서 나와 가족을 위한다는 일념으로 묵묵히 걸었다. 사실 집사람과 아이들에게는 출장 간다 했으니 이런 고행을 모르고 편안하게 잠들어 있겠지만 나의 이런 노력으로 가족이 편안하고 행복해질 수 있다면 몇 번이라도 또 해야지 하면서 힘을 내 걸었다. 생각해 보니 건강한 신체와 건전한 정신은 우리가 험한 경쟁사회를 살아가는 데 필수적인 기본 자산인데 회사가 오히려 도와주니 이보다 더 좋은 기회가 있겠는가? 하고 생각하니 오히려 감사하다는 생각이 들었다.

이렇게 하여 새벽녘에 목적지인 부곡온천에 도착하였고 그대로 온천장으로 달려가 몸을 풀고는 먼동이 뜰 때쯤 아침을 먹고 모두들 잠에 떨어지고 말았다. 오전 10시쯤 기상하여 경과 보고 겸 강의를 듣고 2차 100리 대행군을 무사히 마쳤다.

여기서 한가지 터득한 삶의 가치는 엄청난 고통과 어려움을 이겨내고 얻은 보람은 그런 경험이 없는 사람보다 더 큰 자신감과 우월감을 준다는 사실이다. 이렇게 4회에 걸친 대 행군을 마치고 보니 몸도 건강해진 것 같고 무엇이든 할 수 있겠구나 하는 자신감이 생겼다.

그 후의 행군 이야기는 생략합니다.

제7장

부산영업
소장으로의
전근과 반란사건

1

중부영업소에서의
회고와 반성

그런 행사가 있은 후 중부영업소가 이제 좀 안정이 되자 새로운 영업방침에 아직 순응하지 못하고 있는 부산영업소를 혁신할 필요가 있으니 부산으로 내려가라고 발령을 받았다.

사실 대전에서의 가전제품 영업활동은 난생 처음이라 몸에 맞지 않은 옷을 입고 새 옷으로 갈아입기까지 중압감으로 스트레스도 많이 받았고 생애 최고로 출장이 잦고 많았던 시기인 동시에 전임자의 인수인계도 없이 갑자기 맡은 직무라 서비스관리과 업무보다 더 많은 고민에 빠졌다. 전임업무보다 관장범위가 넓고 크며 복잡하니 어디서부터 손을 써야 할지 당황스러웠고 모든 것이 제자리에 있어야 하고 깨끗하게 마무리되어야 직성이 풀리는 성격이라 마치 권태기처럼 흔들리는 때였다.

그 핑계로 가정을 돌보지 못하고 집사람과 아이들에게 큰 심적 고통을 주었으니 이제 와서 그 심경을 모두 이해한다 해도 되돌려 원점에서 갚을 수 없어 마음으로 항상 반성하고 그 인내에 감사하며 성실하게 살아갈 것이다.

그러나 한가지 내가 입사하여 은퇴할 때까지 내 가족을 위해 지키고 실천한 하나의 원칙이 있었는데 그것은 회사에서 일어나는 대소사 근심걱정을 집사람이나 아이들한테 하소연하거나 투정부리지 않겠다는 맹세였다. 따라서 모든 것을 혼자 삭이고 풀자니 오해도 생기고 많이 힘들었으며 진퇴의 깊은 고뇌의 시간도 있었다.

그러나 이제 영업을 처음 맡고 뒤숭숭하던 중부영업소를 안정시킨 지 2년 만에 다시 험지로 떠나니 한편으로는 뿌듯하고 다른 한편으로는 두려움이 앞섰으며 여하튼 영업의 초년생인 나를 인내와 지원/협동으로 밀어주고 대과 없이 떠나게 해준 각 연락소 소장 및 직원들에게 이 자리를 빌어 깊은 감사를 올린다.

이제 입사 후 벌써 4번째 이사네요.

그간 이사에 좀 이력이 생겼지만 한 번 이사할 때마다 챙겨야 할 일이 많아지면서 집사람의 고생 또한 많아지고 아이들도 새로운 환경에 적응해야 하니 말은 없지만 고충이 왜 없겠어요.

처음 부산 사투리를 시작으로, 서울 표준말로, 다음 충청도 사투리로, 다시 부산 사투리로 돌아왔네요. ㅎㅎㅎ

사실 나에게는 부산은 출생지인 강원도 춘천을 제외하면 제2의 고향입니다.

난생처음 부산에서의 생활은 육군 병장 시절 제대를 6개월 앞두고 갑자기 차출되어 부산하야리아 미군 병참기지로 전근되어 와서 지낸 생활이었다.

맡겨진 일이란 매일 드럼통을 재생하는 공장에 출근하여 드럼통이 공정을 따라 청결이 완성되면 드럼통 안쪽을 전기불로 확인하고 기름기가 완전하게 제거되었으면 합격딱지를 붙여주는 작업이었다. 평생 처음으로 드럼통 재생공장에서 일해보는 경험을 하면서 제품이 이런 공정을 통하여 생산되는구나 하면서 신기한 생각을 하곤 했다.

원래 우리 부대는 인천에 주둔하면서 미군부대를 지원하는 병참중대였습니다.

이런 임무를 수행하려면 우선 운전면허를 취득해야 하는데 하필 30년 만에 찾아온 혹한으로 인천 바다가 얼어붙는 겨울에 한국군 준위의 감시하에 운전연습을 하였으니 매우 고달팠다. 운전 실습 중에 한 사람은 차 밖의 화물칸 중앙에 서서 뒤에 오는 차를 향해 수신호를 해야 하니 손이 얼고 코가 얼어 실습이 끝나고 나면 내 코인지? 내 손인지 모를 지경으로 추웠을 뿐만 아니라 기어 변속할 때 끼~이익 소리가 나면 운전 중에 바로 주먹이 뺨으로 날아오는 경험도 했었다. 하지만 이렇게 어려운 환경에서 그리고 미군 규정에 따라 정식으로 운전면허를 취득하였으니 기본을 아주 잘 익힌 셈이다.

두 번째 부산생활은 처음 금성사 부산공장으로 발령을 받아 7년간 공장에서 일하면서 일도 많이 배우고, 결혼도 하고, 승진도 하면서 나의 사회생활을 성공적으로 이끈 시기였다. 부산시내는 물론 해운대, 기장, 송도, 태종대, 금정산. 통도사 등 부산의 명승지를 두루 살피며 즐겁게 살았다.

세 번째 부산생활은 부산영업소장으로 발령 받아 내려왔는데 대리점들이 2회에 걸친 수금반란을 일으키는 바람에 마산,

부산대리점주들에게 따끔한 맛을 보았으나 그 사건들을 잘 마무리하여 본부장으로 승진하는 기쁨을 만끽하였던 경험이다.

네 번째 부산생활은 은퇴 후 잠시 쉬고 있을 때 희성금속의 옛 동료로부터 부산의 ○○전기가 IMF부도로 주인이 바뀌었는데, 원상회복이 어려우니 도와달라고 해서 1년 반 만에 정상화시키면서 2년간을 부산 사상구에서 살았던 경험이다.

이렇게 하여 도합 10여 년을 부산서 거주한 셈이다.

2
부마의 반골기질과
반란사건

부산, 마산 지역은 바닷가라 그런지 예부터 사람들이 강하고 자존심이 높기로 유명했는데 마산과 부산대리점들을 어떻게 새로운 영업방침에 순응토록 할 것인지 고민이 겹쳤다. 그간 무자비한 수금 독려로 화가 잔뜩 나 있던 대리점 사장들이 때마침 약골의 신임 영업소장이 온다니까 한번 테스트를 해보자 하고 벼르고 있었던 상황이다.

부임한 후 1개월 동안 부산영업소의 현황을 파악해 보니 새로 부임한 부사장 이하 영업진용에 대한 반감과 이해 부족으로 새로운 영업방침이 아직 영업소 직원뿐만 아니라 대리점 사장들까지 공유, 소화되지 못하고 불평, 불만 속에 무엇인가 냉랭한 분위기였다. 사실 우리 직원들이 그런 마음가짐이니 대리점 사장들이야 말해 무엇 하겠습니까?

아무튼 그 이유를 공곰이 생각하며 먼저 직원들을 상대로 1:1 면담을 해 보았더니, 첫째, 과거 좋았던 시절의 영업환상에서 아직 완전하게 벗어나지 못했고 둘째, 우리가 수십 년 다듬어 놓은 영업전통과 분위기를 가전영업을 해 보지도 못한 분들이 갑자기 와서는 충분한 의사소통 없이 그간의 업적을 과소평가하였다는 것이며, 셋째, 오래 정들었던 영업이사(승진 불과 1년)를 자진사퇴 시켰고 일부 부장급 및 연락소장들도 큰 과오도 없는데 사표를 받았다는 것이고 넷째, 너무 급격한 영업방침의 변화에 따라 자신은 물론 대리점들도 현실 적응이 어렵다는 것이다.

그래서 우선 부산영업소 직원들을 모아놓고 "미안하지만 작금의 가전시장의 환경이 생사의 기로에 있을 만큼 치열한 경쟁 상황에 직면해 있고 기대를 모았던 컬러 TV는 정부방침에 따라 시판이 보류된 상태에서 새로 부임한 본사 새 영업진용은 그것을 이겨내고 계속 1등을 유지하기 위하여 최선을 다할 수밖에 없고 또한 단기간에 성과를 내고 싶은 욕심으로 꽉 차 있을 것이니 잔말 말고 현직을 지키려면 순응할 수밖에 없음"을 설득하였지요.

따라서 앞으로 회사 영업방침에 순응하지 못하고 서로 이간질하거나 뒤에서 불평하는 사람은 안타깝지만 스스로 회사를 떠나야 함을 강조하였다. 그랬더니 모두들 시큰둥 하면서 여전히 본사의 분위기를 체감하지 못하는 분위기였다. 이런 와중에 마산연락소와 부산연락소에서 결제거부 반란사건이 터지고 말았다.

3
마산연락소 산하 대리점의
1차 반란 이야기

수금 날 마감시간이 다가오는데, 마산연락소에서 급한 전화가 걸려와 받아보니 마산연락소 산하 전 대리점 사장들이 오늘 결제를 하지 않기로 결의를 하고 남해로 버스 타고 내려가 술과 생선회를 먹으며 즐기고 있다는 소식이었다.

부랴부랴 마산연락소로 달려가 대뜸 연락소장에게 특명을 주고 "오늘 정말로 결제를 안 하면 마산연락소 산하 대리점들(특히 마산시)을 모두 정리하고 본사 직영 총판을 낼 것이다. 본사의 특명이다"라는 전갈을 보냈다. 나도 겁 많은 사람이라 경황이 없기는 매한가지였지만 어디서 그런 기지와 용기가 나왔는지 연락소장을 보내 놓고 생각하니 덜컥 겁이 났다.

잘못하면 나도 목이 날아갈 판인데 얼른 정신을 차리고 서울 본사 영업상무께 전화로 급히 내가 꾸민 특명사실을 보고하니 의외로 응원해 주시며 도움을 약속받았다. 이후 초조하게 기다리는데 연락소장의 전화가 왔다.

"어찌 되었소?"

"지금 모두 마산으로 돌아왔고요. 연락소로 올라가기 전에 소장과 담판을 지어야 하니 밑에서 한 잔씩 더 하고 올라간답니다."

마감시간은 다가오는데 이 사람들은 술 마시고 있으니 참으로 답답하다. 그렇다고 속 보일 수는 없어 숨을 죽이고 기다리고 있는데 모두가 문을 밀치고 들어오길래 우선 자리에 앉도록 권유하고 "무엇이 문제인지 천천히 대화를 해 봅시다" 권유하니 내 기억에 창원 대리점 하시는 사장이 먼저 손을 들어 대화가 시작되었다.

"지금 시황도 나쁜데 이렇게 수금을 독려하시니 사업하기가 어렵네요. 컬러 TV 시판될 때까지 종전 수준으로 수금정책을 완화해 주십시오."

"그건 곤란합니다. 저도 제 맘대로 하는 것이 아니라 본사의 영업방침을 그대로 따를 뿐이고 본사도 새로운 경쟁환경에 적응하기 위하여 신상품 개발과 시설 확충으로 투자자금이 많이 소요됩니다. 이럴 때 그동안 좋은 시절 축적하신 자금을 빌려주신다고 생각하시고 좀 도와 주십시오.

조금만 참으시면 컬러 TV도 시판될 것이니 또 한 번 좋은 기회가 올 것입니다.

그런데 사실 여러분들의 거래장부를 살펴보니 대부분의 사장님들이 지금까지 회사의 자금을 유보하고 있는 것으로 파악되고 있어요. 물론 외상잔고가 다 현금화된 건 아닐 테고 또한 진열상품도 있어 다 회수된 것은 아니지만 대부분 이런 상황입니다. 어째서 금성사의 자금을 사장님들께서 다른 곳에 유용하십니까? 그 부분을 송금해 주시라는 거지요."

"더 하실 말씀 있나요? 다음 또 말씀해 보세요.

네! 마산 대표 대리점 사장님!

사장님께서는 마산에서 제일 오래 그리고 일찍 사업하시어 성공하셨다고 들었습니다만…"

"그건 옛날 이야기이고 요즘은 어렵습니다. 이런 식으로 계속하면 사업할 수가 없어요! 만일 본사가 이렇게 계속하면 사업을 접겠습니다"

"아니, 사장님! 좀 진정하십시오. 그렇다고 화풀이 식으로 언성을 높이시면 어떻게 합니까?"

그 순간 이때다 싶어 리더 격인 이 지역 대표 대리점만 잡으면 잠잠해지겠지 하고 작심하고 말을 꺼냈다.

"그럼, 좋습니다. 정 그러시다면 소원대로 해 드리겠습니다 담당자는 내일 아침 사장님 대리점에 가서 재고파악하고 미수잔고 모두 받아 오면서 정리해 드리시오" 그랬더니 잠시 침묵이 흐르길래 재빨리 말을 덧붙였다.

"다른 분들 더 하실 말씀 없으시면 이만 대화를 마치겠으니 돌아가시어 결제를 서둘러 주시고, 오늘 어려우시면 내일 10시까지 부탁드립니다."

그런데 마산대리점 사장께서 나갔다가 다시 돌아와 나하고는 상대가 안 되니 서울 가서 강 부사장을 만나 담판을 하시겠다 하시는 것이었다.

다 돌아간 후 본사 영업상무께 경과 보고하며 "아마 내일 마산대리점 사장께서 본사에 가서 강 부사장님을 직접 만나 확인하겠다고 상경한다니 상무님께서 선처 부탁드립니다," 하니

"박 소장! 수고했다.

걱정하지 마라. 내가 잘 설득해서 보낼게…."라고 대답해 주셔서 든든했다.

이렇게 하여 일단 마무리는 되었으나 너무 강경하게 밀어붙인 게 아닌가 아쉬움이 남아 마산연락소 직원들과 저녁을 함께하며 작금의 회사 상황을 설명하고 부산으로 돌아왔다.

4

부산연락소 산하 대리점의
2차 반란 이야기

마산연락소가 잠잠해진 후 채 1개월도 지나지 않아 부산대리점 사장들의 움직임이 수상하다는 첩보가 들어왔다. 내용을 탐지해 보니 마산 업자들이 실패한 것은 영업소장의 공갈에 넘어간 것이니 우리는 바로 서울 본사로 쳐들어가 허 사장과 담판을 해야 한다는 것이었다. 그래서 다음날부터 핵심대리점 사장을 만나 한잔하며 설득을 했지만 업자들이 너무 강경하여 자기로서는 막을 수 없단다. 핵심대리점으로서 특혜를 받은 분인데… 어찌 이럴 수 있나 하며 서운한 마음을 숨긴 채 "그래, 어떻게 할 작정인가?" 물으니 내일 모레 아침 6시 버스를 대절해서 본사로 직행한단다.

할 수 없이 약속 날 아침 5시까지 집합장소로 나가 보니 벌써 버스가 대기하고 있었고 몇 분이 앉아 있었다.

그래서 미운 놈 떡 한 개 더 준다는 마음으로 가까운 마트에 가서 맥주와 몇 가지 안주를 사다가 버스에 실어 주고 기다리다 모두 참석하였기에 잠깐 시간을 빌려 말을 꺼내 보았다.

"본사로 올라가시는 거 지금 어쩔 수 없지만 가봐야 별 소득이 없을 것입니다.

왜냐하면 세상이 바뀌었기 때문입니다. 즉 혁명군에 의하여 정권이 바뀌었단 말입니다.

박승찬 사장님 급서 후 사장 이하 부사장 영업상무 및 영업본부장까지 모두 바뀌어 여러분의 역정을 들어줄 사람이 없습니다.

제발, 이왕 버스까지 대절하셨으니 올라가시다가 경주나 속리산으로 빠져서 야유회로 기분전환 하시고 오시기 바랍니다."

그렇게 떠나 보내고 사무실로 돌아와 근무시간이 시작되기 무섭게 영업상무께 그간의 상황을 보고하고 11시 경에 서울에 도착예정이니 잘 처결해 주십사 하고 부탁드렸더니 다시 믿음직하게 대답해 주셨다.

이후 아침을 먹는 둥 마는 둥 하고 초조하게 기다리는데 11시 조금 넘어 방금 도착했다고 연락이 왔다. 본사 강당에 모아 놓고 부사장이 환영 인사말을 하고 이어 영업상무가 미리 준비해 둔 방법으로 해결한 후 근처 식당으로 모셔가서 불고기와 소주 파티를 열어 준 후 지금 부산으로 출발하였단다. 후유~~살았다.

오후 7시가 넘어 다시 아침 집결장소에 도착하였기에 버스에 올라가 "수고하셨습니다"

"출발 전 제가 한 말이 맞지요?"

"이제부터라도 옛날 생각을 정리하시고 새로운 각오로 협력해 주시면 감사하겠습니다. 피곤하실 터이니 이만하겠습니다. 안녕히 가십시오!" 하고 마무리지었다.

사무실로 돌아와 좀 쉬면서 왜 하필 이런 일이 나에게만 덮치나 생각해 보니 영업일선에서 원칙만을 고집한다는 것은 어려운 일이고 친교와 진지한 대화(설득)가 필요한데, 사실 여기로 부임한 지 2달 정도니 그럴 시간이 없었고 그러나 어째든 내 영업방법이 많이 미숙하구나 하고 반성의 시간을 가지게 되었지만, 한편으로는 연락소장 이하 직원들이 나를 마치 외계인 보듯 거리를 두고 대리점의 반란이 성공하기를 바라는 듯한 태도는 이해하기 힘든 시간이었다. 아~~그간의 어려웠던 일들이 주마등처럼 스치며 참 만감이 교차된다. 뜻있는 시련은 기회를 주며 참고 정진하면 좋은 결과를 만들고 행복을 선사한다니 참고 정진하자. 그래도 이런 고생을 알아주고 챙겨주는 상사가 있으니 얼마나 다행이고 행복한가!

5

컬러 TV 판매와
획기적인 판촉 슬로건의 탄생

　　이상과 같은 불행한 사태는 1980년도 오일쇼크의 여파와 정
치·사회 불안, 미국·유럽 등의 수입규제 조치 등이 겹치면서
경제가 급격하게 위축되었기 때문이며 당시 경제지표는 전년

대비 마이너스 5.7% 성장이었다. 연평균 40% 이상의 초고속 성장을 기록하던 전자산업 생산 규모도 13.1% 감소했고, 가전 기기의 내수 판매량은 무려 36.6%나 줄었다. 내수부진은 업계의 자금난을 가중시켜, 당시 전자업계를 대표하던 화신전자·정풍물산·동남전기·오림포스전자·울트라전자 등 중견기업들이 부도를 냈다. 중견기업의 부도는 중소 부품업체의 연쇄도산으로 이어졌다.

이때 1980년12월1일부터 컬러 TV 방영이 결정되었는데 컬러 TV는 우리나라 경제에 새로운 활력을 불어넣었다. 컬러 TV 방송은 10년 만의 마이너스 성장의 충격을 극복하는 데 큰 역할을 하였으며. 특히 전자산업 활성화에 기여한 바가 컸다.

이 기회를 얼마나 학수고대하였던가? 영업부서는 컬러 TV 출시에 맞추어 판매촉진 광고기획을 하였고 이때 사내공모로 당선된 슬로건이 "순간의 선택이 10년을 좌우한다"였다.

이를 주 슬로건인 "금상 금상 금상에 빛나는 금성하이테크"와 함께 부 슬로건으로 광고하였는데 대 히트를 치면서 경쟁사를 압도한 바 있다. 이와 때를 같이하여 컬러 TV의 시판에 따른 새 사령탑의 현금 위주 수금 유인 전략은 대리점 사장들의 기대를 반감시켰지만 컬러 TV를 미끼로 그간 누적되어 온 대리점의 잔고를 획기적으로 줄일 수 있는 기회를 잡았고 늘 부족하던 회사의 현금흐름을 원활하게 하는 데에 기여한 성공한 영업전략이라 할 수 있다.

물론 돈 놓고 돈 먹기 게임으로 현금동원 능력이 있는 대형 대리점은 많은 이익을 보았을 것이나 능력이 부족한 중소 대리점들은 장롱 속에 감추어 놓았던 현금을 동원하였어도 큰 재미는 보지 못하였을 것이다.

제8장

명! 서울 동부본부장
그리고
본가로의 귀환

1
서울 귀환과
지난 4년간의 감회

마산반란과 부산반란을 진압하고 나니 그 소식이 전국에 전파되었을 것이고 그 여파로 내 지역 영업소(경상남북도) 및 그 산하 모든 대리점들이 현실을 직시하고 영업방침을 이해하고 있는지 궁금해졌다. 그래서 이제 좀 본격적으로 영남지역을 돌아보며 관할 지역의 마케팅 기회와 전략을 구상해 보려고 출장계획을 세웠다. 그런데 갑자기 본부장 승진과 함께 서울 동부영업 본부장으로 발령이 나고 말았으니 또다시 희비가 교차될 수밖에 없었다.

이제 회사생활 속에서 다섯 번째의 이사가 되고, 사회생활의

4반째 사다리로 올라선 셈이다. 사실 이 소식이 얼마나 기쁘며 값진 결과인가!

빨리 가족에게 알리고 축하의 파티라도 열어야 하겠다고 다짐하면서도 한편으로는 이사 걱정이 앞선다.

"다시 되풀이되는 이사 때문에 집사람과 애꿎은 아이들만 고생이 많구나!

특히 이사 때마다 나는 전근준비와 인수인계를 핑계로 집사람 혼자서 그 과정을 되풀이하였으니 그 고충을 이해로만 갚을 수 없을 테고 그저 감사하고 미안할 따름이다."

그러나 이번 일은 두 가지 차원에서 내게 큰 기쁨을 안겨주었는데 그 하나는 본부장 승진이며 다른 하나는 지방근무 4년 만에 서울 집으로 복귀하는 것이니 얼마나 감회가 깊을 것인가? 모처럼 내 집에서 가족과 함께 동고동락할 수 있으니 이보다 더 기쁜 일이 어디 있겠는가?

돌이켜 보니 참으로 다사다난하고 어려웠던 지난 4년은 감회가 깊고 남다른 기간임에 틀림이 없었다. 특히 책상에 앉아 글만 쓰던 선비가 가전영업이라는 험악한 황야에 처음으로 내동댕이쳐져 몸부림치던 시절인데… 내성적이요, 사교성도 별로 없고, 음주가무도 별로인 내가 친위부대의 영업정책을 강력히 추진하여 성공을 이룩하고 영전하게 되었으니 그 기쁨이 남다를 수밖에 없었다. 굳이 변명을 하자면 목구멍이 포도청이라 박 사장께서 갑자기 돌아가시며 새로 사장부터 중견간부까지 점령을 당하였으니 만들면 판매되던 시대의 구태의연한 영업을 쇄신하려는 친위부대의 강력한 영업방침은 무한 경쟁시대로 진입한 당시의 가전시장에서는 불가피한 방침으로 인정하고 적극 추진할 수밖에 다른 방도가 없었다.

이렇게 몰두하다 보니 오래 기억할 회한도 있는데 정들자 이별은 물론 내가 가는 곳마다 인정사정없이 본사방침일변도의 엄격한 잣대로 영업을 했으니 직원들은 물론 거래선에게도 별로 좋은 인상을 심어주지 못했을 내 입장이 못내 안타깝고 미안할 뿐이다. 즉 어려운 영업환경을 핑계로 늘 성과에 목매어 전진만 독려했으니 좀 쉬기도 하고 격려하고 칭찬하는 여유와 문화를 만들지 못한 것이 항상 마음에 걸려 아래 글을 되새기며 반성한다.

"상사의 비판만큼 의욕을 꺾는 일도 없다. 그래서 나는 비판하기보다 칭찬하는 것을 좋아한다. 나는 지금껏, 아무리 일을 즐거워하고 잘하더라도 인정받기보다 비판을 받을 때 일을 더 잘하거나 더 열심히 노력하는 사람은 본 적이 없다"

-찰스 슈왑-

　서울 본사로 첫 출근을 하고 부사장과 상무 및 동료들에게 신고를 하니 선배들과 동료 및 후배들이 본사로의 복귀를 축하해준다. 한바탕 인사가 끝난 후 자리에 앉으니 창가에 자리한 서비스관리부가 내 눈에 꽂힌다. 저기서 일하던 때가 엊그제 같은데 밤낮으로 시간을 잊은 채 참으로 열정적으로 많은 일을 했었는데. 전국 서비스망 구축/수리기사 선발, 배치/ 서비스부품 수급/전국 순회서비스계획 등등….

　그렇게 멍하니 생각에 잠겨있는데 영업상무의 호출이 왔다. 또 갑자기 무슨 하명이 떨어지려나 겁먹고 들어가니 동부지역이 좀 부진하니 일주일 내에 묘안을 만들어 보고하시란다.

　별 수 없이 우선 현상파악부터 해서 문제점이 무엇인지 알아야 하니 관할 연락소장을 모아 놓고 간단히 부임인사를 나누고는 바로 상무의 지시사항을 전달하면서 동부관할지역 순방계획을 각각 작성, 보고하도록 지시하고 현재 상황으로 보아 연락소장들이 느끼는 애로사항이나 문제점 및 혁신 방안이 무엇인지 동시에 보고토록 하였다.

각 소장들이 작성된 순방스케줄에 따라 매일 출근과 동시에 당일 직무를 점검/결제하고는 오후부터 순방길에 나섰다.

가는 곳마다 이구동성으로 3사의 경쟁이 치열하고 특히 세운 상가의 난매로 중소 대리점의 고충이 이만저만이 아닌데 10일 마다 너무 결제만을 독촉하면서 뭐 시원한 영업전략도 없으니 힘들단다.

이렇게 하여 나온 영업의 전반적인 혁신전략으로 창사 25주년을 기념하고 대리점의 지원과 사기 진작을 위해 당사의 사장과 임직원을 비롯하여 전국의 대리점 사장까지 참석하는 대대적인 판촉행사를 워커힐에서 실시하였다.

이때 대리점의 안전 정착을 위하여 적립식 장려금/입금 리베이트/팩토링 제도를 공표하고 시상품으로 우수대리점엔 서비스 및 운반용 자동차 1대씩 그리고 상패를 주고 장기/모범대리점은 상패와 포상금을 수여하여 그간 움츠렸던 대리점들의 사기를 크게 북돋아 주었던 기억이 새롭기도 하다.

인생살이 험하고 고달프지만 그래도 살만한 가치와 재미가 많은데, 지난 과거를 돌이켜보니 아주 기쁘고 소중하거나 아주 험악하고 어려웠던 기억은 오래오래 남고 그 외는 뇌의 기억장

치가 자동으로 삭제한다는 사실은 마치 휴대폰의 휴지통 비우기와 같다는 생각이 든다.

우수대리점에 제공된 서비스 및 운반용 자동차

2
영업상무 그리고 마케팅본부장과의 낚시 이야기

나는 춘천시 북한강변에 살면서 또래의 친구들과 방파제 벽의 튀어나온 돌을 잡고 일찌감치 물에 대한 공포심을 극복하고 물에 뜨는 연습을 통하여 개(dog)수영을 시작으로 차츰 자유영이나 배영으로 발전하여 나아 갔다. 그 기술을 이용하여 개구쟁이 친구들과 강 건너 참외/수박서리를 비롯하여 콩 서리 등을 다녔으니 헤엄기술 오남용(?)이긴 하지만 그 당시 서리기술은 딱지치기나 팽이치기 정도의 놀이에 불과하고 시골마을의 성장과정에서 겪는 일종의 의식일 뿐 죄의식을 느낄 정도는 아니었다.

그 당시 강물은 깨끗하여 수영하다 목마르면 그대로 머리를 물에 박고 꿀꺽꿀꺽 마셨고 물고기도 여럿이 강가로 쉬쉬하며 몰아 손으로 잡아 피래미를 그대로 삼키기도 하였으니 지금으로서는 상상하기 어려운 시골의 추억이다. 보통은 유리로 된 어항에 된장이나 깻묵을 이겨 붙여서 잔잔한 여울목에 돌로 어항 집을 정성껏 짓고 모래를 깔아 어항이 떠내려가지 않도록 살짝 묻어 고기를 잡았지만 낚시로 잡는 것은 도구가 있어야 하고 오래 기다리기도 싫고 수확도 별로라 재미가 없어 기억에서 사라진 지 오래인데….

서울 동부 영업본부장 시절 갑자기 영업환경이 조금 안정이 되자 영업상무께서 마케팅본부장과 함께 낚시를 가자고 하신다.

낚시를 할 줄도 모르고, 도구도 없고, 취향도 아니고, 그러나 어쩌랴! 당시 상황으로는 다른 간부가 샘이 날 정도의 깊은 배려의 초청인데 무조건 따라갈 수밖에 없었다.

일단 일요일 아침 일찍 약속장소로 나가 두 분과 함께 목적지로 붕~붕~붕….

지금 기억으로는 충주 속리산? 못 미처 저수지로 생각되는데 셋이서 좋은 장소를 골라 자리를 잡고는 잠깐 낚시강의를 듣고 낚싯대와 기타 도구를 받아 편한 자세로 기다려 보기로 하였다.

사실 두 분은 낚시 광 정도의 실력이 있고 취미도 같아 럭키화학에 재직 때는 자주 다녔던 모양이다. 그런데 한나절이 지나도록 개미 한 마리 입질이 없으니 이거 낭패 아닌가? 나야 뭐 밑질 것이 없으니 바라만 볼 뿐… 이상하다 생각해 보니 봄이라 논에 물 대기가 시작되고 가뭄으로 수량이 부족하니 물이 점점 연못 안쪽으로 모이면서 우리가 앉아 있던 자리가 바닥이 보이기 시작했다.

　뭔가 보여 주시려 던 두 분께서 당황하기 시작하며 물이 안쪽으로 모이면 고기들도 안쪽으로 모이거나 움직이지 않는다는 사실을 뒤늦게 깨닫고는 하는 수 없이 낚시를 중단하고 점심을 연못 가까운 곳에서 매운탕은 머릿속에서만 상상으로 먹으며 오전의 수업을 마무리하였다. 오후에 우리는 빈손으로 가기에는 너무 섭섭하다며 서울 쪽으로 나와 어느 연못에서 두 번째 낚싯대를 던졌다. 그러나 오후도 내내 별 소득 없이 끝나고 말았으니 두 분의 실망은 이만저만이 아니었을 것이다.

　이를 계기로 난 낚시에 대한 흥미가 완전히 사라졌는데 이후 추가로 2번의 낚시 기회를 억지로 겪은 기억이 있다. 한 번은 입사동기들과 함께 서해안에서 낚시를 하였는데 누군가가 청어인가 무언가를 두어 마리 잡아 즉석에서 회를 쳐 먹은 기억이 있다.

그때 나도 복 새끼 두 마리를 낚았는데 복 새끼가 걸리면 재수없다고 화풀이를 하던 기억이 난다.

녀석의 배를 톡톡 치면 맹꽁이처럼 배가 한껏 부풀어 터질 지경이 되는데 그때 한껏 멀리 바다로 던져 다시 걸리지 말라고 경고하였다.

다른 경험은 이름도 생소한 태평양의 섬 팔라우에 우연한 기회에 부부동반으로 여행을 가서 다른 여행객과 함께 밤낚시를 떠난 기억이다. 배로 20여 분을 가서는 각자 낚싯대와 미끼를 배정받아 아내와 함께 뱃머리에 자리를 잡고 물속 깊이 낚싯줄을 내리고 기다리는데 벌써 여기저기서 마구 잡아 올리는 거라. 그 와중에 집사람도 한 마리 낚아 올려 체면을 유지하였지만 난 끝끝내 한 마리도 못 잡고 또 허탕을 치고 말았다. 난 용왕님이 감시대상 인물로 삼으시고 살생금지의 명을 내리신 모양이다.

그날 숙소에 돌아와 곰곰이 생각해 보니 하늘의 비행기들이 기종에 따라 하늘길이 있듯이 바다의 고기들도 나름대로 크기와 무게에 따라(부력) 다니는 길이 다른 것 같았다. 왜냐하면 다음날 산호가 많은 바다에서 잠수 이벤트가 있었는데 물속에 들어가 살펴보니 형형색색 수많은 고기떼가 장관을 이루며 내 몸을 감싸고 도는데 그 노는 깊이가 고기 별로 차이가 있는 것 같아 물속으로 들어가 손으로 잡힐 듯 보이는 예쁜 놈을 빠른 동작으로 몇 번을 낚아채 보았으나 물속이라 의외로 빨리 도망가는 바람에 허탕을 치고 말았다. 이치를 좀 일찍 알았더라면 나도 몇 마리 잡을 수 있을 것인데 하고 자신을 위로하였다.

그날 낚시의 밤 이벤트는 초고추장을 챙겨 온 집행부가 관광객들이 잡은 고기를 선상에서 즉석 회를 쳐 소주와 함께 나누어 먹었는데 영~ 맛은 별로였다. 나는 회를 별로 좋아하지 않는 강원도 감자바위라 그런 이유도 있지만 원래 우리나라의 연안에서 잡은 바닷물고기의 감칠맛에 비하면 태평양 깊은 바다에 사는 물고기는 물론, 따스한 지역 바다의 생선도 살이 퍼석퍼석 스펀지 같아 씹는 맛이 없다.

이렇게 해서 나의 낚시 경험과 재미는 아득히 사라지고 말았다.

3

이주흥 영업상무의
갑작스런 사망

이 상무께서는 박승찬 사장께서 교통사고로 급서하시면서 LG화학 쪽에서 사장과 함께 금성사로 전근해 오신 영업상무이시다. 업무에는 냉정하고 차가워 겁을 먹을 수도 있지만 리더십이 있고 속마음은 유순하며 낚시를 좋아하시고 집으로 초청도 하여 함께 정을 나누는 스타일이었다.

그런데 이 상무가 한국표준협회가 주선한 일본시장 시찰단에 참석하여 일본으로 건너가 시찰을 마치고 귀국 하루 전 호텔에 투숙 중 호텔에 화재가 발생하여 연기에 질식되어 참변을 당하시고 말았다. 함께 참석하신 다른 몇 분은 창문을 부수고 창

밖의 발바닥만 한 돌출부위를 밟고 이동하여 탈출하였다고 하니 더욱 안타까운 사건이었다. 호텔이든 여관이든 외박을 할 때에는 반드시 비상구와 수건을 미리 준비, 확인하고 쉬어야 할 것이다.

이 상무님은 내가 영업 일선에서 어려운 환경에 처할 때마다 아낌없이 지원해 주신 분이라 더욱더 안타까운 마음 금할 수 없지만 인명은 재천이니 다만 고인의 명복을 빌 뿐이다.

갑작스런 불의의 사고로 인한 희생이라 회사에서는 창사 이래 최초로 하루 조기를 걸었고 서울역 본사빌딩 앞마당에서 회사장으로 성대하고 차분하게 장례식을 거행하였다.

제9장

명! 마케팅 본부장 그리고 뜻밖의 전근명령

마케팅 본부장의 역할과
가을 이벤트 준비

동부 영업본부장으로 전근되어 불철주야 5~6개월을 근무하다 보니 이제 어느 정도 서울 본사생활이 익숙해지고 영업도 안정궤도로 진입할 무렵, 갑자기 마케팅 본부장께서 다른 회사로 영전을 하는 바람에 엉겁결에 내가 그 자리를 떠맡게 되었다. 이 자리는 허울 좋게 금성사 마케팅본부장의 이름을 달고 있었으나 사실은 부사장의 비서 역할이 60%나 다름없었던 자리였다.

아침 08시까지 먼저 출근하여 당일 부사장의 일정을 확인하고 그다음 일간신문을 모조리 훑어보고는 경쟁사 정보/신제품 및 기술 정보/경영에 영향이 미칠 정부의 정책정보 및 전국 영업소 판매 상황 등 요점정리를 해서 09시에 부사장 출근시간에 맞추어 보고하면서 그날 일정을 시작하는 일이었다. 하루에 아침, 오후 2회에 영업보고를 해야 하고 필요하면 수시로 호출되어 지시가 떨어지니 늘 긴장할 수밖에 없었다.

원래 마케팅업무는 기업이 생산하는 재화, 서비스를 고객에게 최대한 매력적으로 보이게 브랜드화하여 판매를 촉진하고 수익을 올리는 것을 주된 목적으로 하며, 광고, 홍보, 판촉활동, 이벤트 등 소비자에게 상품 또는 서비스를 유통시키기 위한 모든 체계적인 경영활동을 의미한다. 그래서 서비스관리 때처럼 좀 깊이 연구해서 금성사의 마케팅체계를 정립해 보아야지 하며 준비하던 차에 갑자기 희성금속으로 전근 명령이 떨어졌다.

2

희성금속으로의 전근 발령과
새로운 각오

당시 우리 마케팅 부서는 가을에 접어들면서 TV/세탁기/난방기 등 가을 판촉전략을 즉시 수립하라는 지시가 있어 부랴부랴 여관에 자리를 잡고 준비에 들어간 상태였다.

그런데 갑자기 부사장께서 호출하시기에 단숨에 달려갔더니 바로 기조실에 올라가 보라는 것이었다. 그래서 회장실에 올라가니 "자네 희성금속에 가서 경영체계를 좀 잡아 주게! 경영목표는 물론 운영체계도 불실하여 경영정상화가 시급하다네!"라 하시는 것이었다.

"네? 아! 네… 알겠습니다?"

그렇게 엉겁결에 전근명령을 받고 내려와 부사장께 보고를
하였다.

"어쩌겠냐! 위에서 자네를 꼭 찍어 지시하시니 나로서도 별
수 없지."

"하필 왜 저를 보내려 하십니까?"

"희성이라는 회사가 주로 금성사와 거래가 많다는 점.
각 공장에 67입사동기가 많아 업무협력이 용이할 것이라는 점,
공장근무 경험도 있고 전국적인 서비스관리는 물론 영업 일
선을 두루 경험한 경력이 인정되어서 발탁되었으니 오히려 고
맙게 생각하게"

그 대신 이사로 승진시켜 보내주는 것이니 열심히 해 보라는
느낌이었다.
이번은 다른 지방으로 이사 가는 것이 아니니 다행이며 별
을 달고 가니 기분은 좋으나 무언가 미완성의 허전한 느낌이

들었다.

그러나 회사원이면 누구나 선망하는 다섯번째 사다리 즉 임원으로 승진하는 것이니

군대로 말하면 준장으로 진급하는 것인데, 별을 다는 것이니 회사에서의 대우가 몇 단계로 뛰어올라 급료를 비롯하여 독방과 비서, 그리고 자동차 등 6~7가지의 혜택이 주어지고 그와 동시에 경영책임과 의무도 커지게 되는 게 보통이다.

그래서 좀 알아보니 일본의 모 금속회사와 합작회사며 본사에는 회장님 사위 되는 상무님과 일본인 이사가 있고, 공장에는 상무님이 책임자이며 사장님도 인척이시며 은행 은퇴 후 여유를 즐기시는 분이라니 사실상 본사 경영을 총괄하는 역할로서 단단히 챙겨야 하겠다는 생각이 들었다.

쉬지도 못하고 달려온 본사 생활 10여 개월. 이제 본사에서 열성을 다하여 승부를 걸어야지 하면서 좋은 기회를 잡았다고 생각하였는데… 또다시 새롭고 험난한 다른 길로 인도하니 이것도 기회일까? 기회로 보면 성공의 문이 열릴 것이고 어려움이 닥쳐도 해결방법이 있을 것이니 그것도 기회일 것이다.

그래서 호기심도 있고 궁금하여 회사 위치를 물어보니 다행히 본사 사무실은 서울 그룹빌딩 3층에 있다 하기에 점심시간

을 이용하여 내려가서 슬쩍 살펴보니 회의실에 둘러앉아 직원들이 고스톱에 열중하고 있는 것이었다. 우리 영업은 100리 대행군이다 집합교육이다 고난의 행군으로 화장실도 제때에 갈 수 없는 강행군의 연속이었으니 그 한가한 광경이 낯설기 이를 데 없었다.

한편, 당시 내가 발령을 받고 걱정을 하고 있으니까 희성이나 기타 자매회사에 가서 2~3년만 근무하고 있다가 돌아올 수 있고 금성사 본사와 같은 대우를 해주니까 별로 걱정하지 말고 잠시 쉬었다 오면 된다는 분들도 많이 있었다.

하지만 이 한가한 조직을 어떻게 고쳐서 일할 맛 나고 생산성 높은 조직으로 개조할 수 있을까?를 깊이 생각하게 되었고 어쩌면 내가 1967년 1월 금성사에 입사하여 배우고 경험한 모든 역량을 쏟아부어 새로운 작품을 만들 수 있는 절호의 기회가 아닌가 하고 생각하니 한편은 두렵고 또 한편으로는 새로운 목표에 대한 뜨거운 열기가 솟구쳤다.

3
영업의 전통으로
길들여진 습관과 후회

첫째, 영업의 객기 훈련과 길들여진 습관

1) 객기 훈련?

영업으로 전입되거나 신입사원들은 선배들이 축하파티를 열어 주는데

그때 신고식은 탁자 위의 재떨이나 신고 다니던 구두에 쐬주를 듬뿍 따라 주고는 단번에 쭉~ 마시게 하는 신고식이 있었습니다.

초보들은 기겁을 할 수밖에 없으나 어쩔 수 없이 영업맨이

되려면 원샷하는 용기(객기)가 필요하였지요. ㅎㅎㅎ

2) 습관

일선 영업 때부터 깊이 길들여진 습관이며 전통으로서

영업회의나 외식을 할 때 그리고 숙박을 할 때는 반드시 금성사 제품을 사용하는 음식점이나 호텔이어야만 출입한다.

만일 불가피하게 초청이나 착오로 들어갔을 때는 어쩔 수 없지만, 비용을 우리가 내야 하는 경우

음식값이나 숙박비를 금성사 제품으로 갚아야 하느니라.

이런 습관이 몸에 배어 지금도 외식하러 들어가면,

습관적으로 안쪽을 휘휘 둘러보고 금성제품을 사용하는지 확인할 뿐만 아니라

지금도 친구들에게 그리고 결혼할 때도 금성제품을 추천해 주고 있으니 아주 단단한 마법에 걸려든 셈입니다.

그 덕에 지금까지 구정 때나 추석 때 그리고 생일날에는 엘지클럽으로부터 선물을 받으니

LG를 더욱 사랑하게 되고 가족과 함께 자부심을 갖고 감사하며 살아갑니다.

둘째, 후회란

첫째, 사회생활을 하면서 어느 정도는 사내정치를 할 줄 알아야 하는데 고지식해서 그걸 못 했습니다

무조건 열심히 노력하면 다 알아주고 높은 고과점수 받고, 승차하고 그리고 승진하는 줄 알았는데… 아니었습니다.

각하! 시원하시겠습니다. 요게 답이었지요. ㅎ.ㅎ.ㅎ

둘째, 그냥 살아남으려면 CEO가 권위주의적이며 독선적인 경우 판단과 추진에 문제가 있더라도 어느 정도 시간과 인내가 필요하다.

역설적이긴 하지만 아직도 현실에서는 이런 상사가 비일비재하다.

이제 그런 기반 위에 큰 희망과 열정을 다지며 더 크고 어려운 환경이 기다리는 희성금속으로 겁 없이 달려갑니다.

여러분 기대하십시오!!!

제10장

명! 희성금속㈜로
전근되었습니다

1

소박한 생활목표의
달성과 회고

금성사 입사 17년간 이제 와 돌이켜 생각하니 그 시대 그 환경에 맞추어 자의 반 타의 반으로 인생의 궤도를 정해 놓은 듯 무조건 열심히 살아왔다. 왜 이렇게 앞만 보고 달려왔을까? 다른 길이 없어서? 혹은 몰라서? 궤도 이탈이 두려워서? 아니다. 굳이 변명을 하자면 사실 초등학교 4년 시절, 6.25를 겪은 세대로서 가정의 경제기반이 폭격과 화재로 송두리째 없어진 뼈아픈 과거 때문에 그저 열심히 일해서 부모에게 효도하고 가족을 부양하여 적으나마 전쟁의 아픈 상처를 치유하고 예전의 행복을 찾고 지켜야 하겠다는 신념과 소박한 생활 철학 때문이었다. 그렇게 하다 보니 불철주야 남편은 돈 벌어오는 기계처럼 고착되고 퇴근하면 피곤하여 저녁 먹기가 무섭게 잠에 떨어지니 아내는 물론 아이들의 불평불만을 해소해 주거나 차근하게 대화하며 놀아주기도 힘들었는데 더욱이 휴일도 반납하며 일해야 하는 시절이라 어쩌다 휴일을 맞으면 모자라는 잠을 채워야 했고 함께 산책하거나 외식 한 번 하는 것을 큰 행사처럼 느끼며 살아왔다.

그렇게 앞만 보고 열심히 일하다 보니 당시에는 여행이나 외식을 제외하면 돈 쓸만한 사회환경이나 시간도 사실 없었다. 따라서 자연적으로 근검절약이 몸에 익숙해짐과 동시에 집안의 모든 대소사며 살림을 아내가 잘 챙기고 모아서 가족의 든든한 기반을 쌓아 놓았고 또한 아이들도 건강하고 반듯하게 키워 결혼시켰으니 늘 고마운 마음을 간직하고 행복하게 살아가게 되었다. 따라서 그렇게 소원이던 소박한 생활철학을 이제 성취한 셈이다.

이제, 그렇게 성취한 결과물들을 살펴보니 사람으로 태어나 해야 할 소명 즉 세상을 조금이라도 이롭게 하라는 특명에 대하여 조금이나마 기여하였다고 자부해 본다. 기나긴 세월 돌이켜 다시 생각해 보니 따스하고 행복한 삶은 저절로 이루어지지 않는다는 것이 사실이었다.

좋은 씨를 뿌리고 밤낮없이 정성껏 가꾸는 노력이 투입되어야 비로소 좋은 열매를 수확할 수 있다는 진리를 잊어서는 안 된다.

매일매일 쌓여가는 나이가 침체와 몰락의 과정이 아니라 나날이 충실하고 충만한 삶을 성취하기 위하여 열정적으로 몰입하는 삶이야말로 우리에게

남겨진 진정한 경고며 숙제일 것이다. 누구에게나 공평하게 주어지는 하루는 단 한 번밖에 오지 않기에 다른 무엇과도 바꿀 수 없는 소중함을 깨달아야 하고 이것을 아는 사람은 삶을 온전하게 누리려는 강렬한 긴장을 느낄 것이다.

우리 인생은 유년, 청년, 장년, 노년, 말년의 단계를 밟아 죽음을 맞이한다. 각 단계마다 해결해야 할 과제가 있고 이룩해야 할 성공도 있으며 넘어야 할 위기도 있다. 그 단계별 기간 내에 위기를 극복하고 과제(예의/질서/배려/정의/신념/협력 등의 가치)해결이나 성공(학업/ 직업/ 존경/ 명성/ 재력 등)을 성취하지 못하면 행복하고 좋은 삶이 어려울 수도 있다.

이제 80대의 우리의 삶은

순리에 따라 은퇴를 받아들이고 평생 이룩한 삶의 원칙과 가치를 지키며 진정한 것과 덧없는 것, 순간적인 것과 영원한 것들을 분별하는 지혜를 발휘하여 저물어가는 해변의 아름다운 낙조를 음미하면서 인내와 양보 그리고 자존과 감사의 삶을 살아가는 것이다. 특히 이제 남은 나의 여생은 아래와 같이 친지

들과 더불어 둥글둥글 즐겁고 건강하게 살아가는 것이다.

첫째, 가족과의 끈끈한 정과 사랑을 나누며 행복하게 살고

둘째, 고교동기들과 일주일에 한 번씩 만나 유서 깊은 둘레 길을 걷다가 팔각정에 모여 앉아 차와 다과를 즐기는 일이고

셋째, 한남포럼을 비롯한 대학동기들과 또한 1달에 한 번씩 등산하며 우의를 다지는 한편 유명관광지를 함께 여행 다니는 일이고

넷째, 은퇴한 금성사 옛 동료들과(금영회/마케팅모임/초수회) 매월 또는 분기별로 만나 점심을 하며 추억을 더듬는 일이며

다섯째, 입사 동기생 20여 명이 인생의 동반자요 친구로서 매일 카톡을 주고받으며 하루의 일과를 시작하고 2달에 한 번씩 모여 밥 먹고 차 마시며 수다 떠는 일이고

여섯째, 희성금속에서 함께 동고동락하던 영업직원과 현직임/직원들이 50여 년이 경과한 지금도 1년에 4회 골프모임을 갖고 우의를 다지며 길흉사는 물론 카톡방도 열어 끈끈한 정을 나누며 즐겁고 바쁘게 살아가는 것이니 그저 하루가 즐겁고 무사하기를 빌 뿐이다.

이런 모임들이 결국 나의 은퇴 후의 삶을 윤택하게 하고 젊은 오빠 소리 들을 수 있는 건강유지의 비결이 아닐까?

2

희성금속에서의
3가지 혁신

희성금속에서의 야유회

제10장

사실 희성금속에서는 좀 섭섭한 감도 있었지만 세 가지 차원에서 획기적인 혁신을 이룩하였다고 자부한다.

참으로 묘한 것이 세상사라 고속도로를 만드는 사람 따로 있고 막으려고 악을 쓰거나 그 위를 멋지게 달리는 사람이 따로 있는 법이라는 걸 배웠다. 지금껏 거쳐온 내 회사 여정들이 대부분 그런 과정이라 고속도로를 신나게 달리는 후배를 보면 자랑스러워진다. 우리는 개척시대의 일꾼으로 활동했다고 자부하지만 내가 시기를 잘못 타고난 것도 사실인 것 같다.

첫째는 영업부문의 인재 육성인데 전문가 수준의 교육훈련을 통하여 체계적으로 인재를 육성한 결과 당시의 인재들이 지금 내외에서 모두 임원으로서 그리고 CEO로서 성공하여 활동 중이라는 사실이다. 사실 중소기업에서 소위 일류대학생이나 우수인재를 선발하는 것은 어렵다. 차선책으로 성실하고 인성 좋은 사람을 뽑아서, 직무교육과 공동체의식을 충분하게 시키고 그들에게 직무수행 자율권을 부여함과 동시에 공정한 평가와 성과에 상응한 대우를 해주면 든든한 인재가 돼서, 퇴사율도 낮아지고 세상에 없던 새로운 것들을 만드는 위대한 일들이 가능하다는 사실이 입증되고 있다. 지금껏 경험한 바로는 일류대학 졸업생(학과)이나 외모는 필요충분요건이 아니라는 사실이며 가장 중요한 것은 인격/인성(배려심)/감사/열정/협동정신이 우선 이라는 생각이다.

그런데도 불구하고 내가 처음 희성금속을 혁신하려고 "새 술은 새 부대에 담자" 하면서 우수 인재를 공개 모집한 적이 있는데, 그때 짧은 안목으로 관상을 보고 첫인상이 나쁜 사람을 탈락시켰고 또한 입사 후에도 직무에 둔감하거나 열정이 모자라는 사람을 좀 구박한 적이 있는데, 꽃도 일찍 피는 꽃이 있는가 하면 늦게 피는 꽃도 있듯이 인재도 같은 이치로 후반전에 성실과 열정이 살아나는 사람이 있음을 늦게 깨닫고 후회한 적이 있다.

둘째는 새로운 먹거리를 창출하여 지금의 종합소재기업으로서의 기반을 닦았다는 점이다.

임직원 모두가 사소한 정보나 아이디라도 무시하지 말고 항상 소통의 기회를 주면 획기적인 아이디어를 발굴할 수 있다는 사실을 알게 되었다. 주의할 점은 중간 관리자가 권위주의적이 거나 요새 말하는 꼰대적 관리자라면 그 선에서 무시되어 사장되는 경우가 비일비재하니 주의해야 한다.

"아이디어가 큰 것은 경쟁회사들도 도출 가능하다. 그러나 작은 아이디어는 경쟁자가 모방하기 어렵다. 작은 아이디어는

제10장

구체적 장소나 상황에 관한 것으로 경쟁자 눈에 띄지 않는다. 변화는 작은 아이디어부터 오는 것이다."(앨런 로빈슨)

(1) 모리브덴 개발/판매

당시 금성사는 전자레인지의 판매가 호조를 보였는데 희성 상품의 먹거리 개발 차 구미공장을 방문하여 현재 수입되는 부품을 알아보니 전자용 모리브덴을 일본서 수입한다 하면서 현재 단가가 1,500원이니 1,000원 수준으로 개발하면 납품할 수 있다 하기에 부랴부랴 당시 일본의 파트너회사인 다나카귀금속회사에 알아보니 자기들이 개발하였다가 경쟁력이 없어 포기하였는데 당시의 기계가 남아 있으니 저렴하게 가져다가 해보라는 말을 들었다. 그래서 희성이 개발하여 납품되었고 지금은 중국시장의 확대로 효자상품이 되었다.

(2) 알미트솔더의 개발/판매

이 솔더는 처음 일본의 알미트사가 개발하여 시판을 하지 않고 미국 NASA에 납품하여 인증을 받으면서 일간지에 소개되어 일본에서 크게 히트한 소재다. 나는 매일경제를 평생 보고 있는데 당시 이 제품의 기사를 읽고 호기심이 발동하여 즉시 오려서 그 내용을 조사해 보니 기존 솔더보다 접착력이 우수하고 부

알미트솔더를 열심히 설명하는 필자의 모습

식되지 않으며 소량으로도 뛰어난 품질을 보장할 수 있음을 확인하였다. 따라서 국내 시장을 조사해 보니 거의 모든 전기/전자제품에 사용할 수 있어 알미트의 국내 대리점과 협의하여 현재의 매출을 인정해 주고 나머지 전국시장을 희성이 개척하도록 하였고 그 후 희성이 직접 생산하여 전국에 판매하게 되었으며 이것도 효자상품이 되었다.

(3) 백금도가니 생산/판매

백금도가니는 국내 모든 학교/연구소/실험실 등에서 사용하는 틈새시장으로서 수입에 의존하는 바가 컸다. 이에 새로 시장조사를 하였더니 의외로 시장이 성장하고 있어 가능성이 커보였다. 따라서 기존 주문 위주의 제작에서 탈피하여 본격적으로 시장을 개척하여 양산체제를 갖추면서 성공하였다. 그 밖에 도금재(동 볼) 및 약품을 개발하여 판매하였다.

(4) 자동차배기가스 저감장치 합작사 창립

미국 엥겔하드사와 기술 제휴하여 자동차용 배기가스 저감장치 회사를 창립하는 데 기여하였고 희성금속의 새로운 자회사가 되었다.

셋째는 경영관리의 자율관리체계를 완성하였다는 것이다. 희성금속은 비즈니스시스템이 사실상 없었고 주먹구구 식이었는데 이것을 혁신하여 사업계획수립과 그 관리운영의 선 순환고리를 완성하여 업무효율을 높이고 경영 목표를 획기적으로 향상시켰다. 즉, 매월(장, 단기 목표) PLAN을 조정하여, 전사가 공유하고, DO는 자율적으로 추진하되, 팀별로 CHECK를 엄격하게 해서 다시 ACTION을 함께 공유하면서 경영관리의 선순환 고리를 만들었다. 이런 노력으로 전근 3년 후 상무이사로 승진하였고 처음 전근 시 50억 수준이던 희성금속의 소재 매출을

250억 수준으로 성장시키고 엘지정밀로 떠나는 업적을 남길 수 있었다.

그런데 아뿔싸, 내 인생 최악의 판단을 하고 말았으니 그것은 악귀의 장난도 아니요 나의 오만과 조급함이 빚은 벌칙 아닌가? 23년간의 값진 경영 경험과 지식을 제대로 발휘하지도 못하고 중도 탈락을 하고 말았으니 누구를 원망하랴….

"한 번의 실수가 일생을 좌우한다"
"사람은 누구나 자기가 똑똑하다고 느끼게 해주는 사람 주변에 있기를 좋아하는 법이다"라는 진리를 깜빡 잊고 사장의 독단과 먹통에 도전하였으니 누구를 원망하랴.

아랫사람은 윗사람을 잘~만나야 하고, 윗사람은 아랫사람을 잘~만나야 성공하고 행복하게 산다. 그러나 의사결정의 책임은 전적으로 본인에게 있으며 장애물이나 오기를 핑계로 합리화하여서는 곤란하다.
모름지기 CEO는 자신의 업무 중 최소한 절반은 변화를 분석하고 불확실한 미래를 준비하는 데 바쳐야 하고 또한 회사 비전을 임직원이 함께 공유하고 이를 달성하기 위하여 임직원들에

게 직무목표와 과제를 합리적으로 최적화 해 주어야 할 책임과
의무가 있고

임직원들은 그것을 자기의 성장목표로 소명화하여 달성할
책임과 의무가 있다고 생각한다.

이상 희성에서 6년간에 걸친 도전과 희로애락은 한 권의 책
으로 낼 수 있을 만큼 많고 다양하지만 여기에 모두 남길 수는
없어 아쉬운 부분이 있다. 그간 불철주야 함께 협력하며 고생
한 희성의 동료들께 다시 한번 감사드린다.

고교 동기생들과의 나들이

대학 동기들과의 등산모임

재경담당 임원들의 워크숍 기념사진

희성금속 골프모임

도전과 창조로
뜨겁게 달려온 인생의 회고

권선복
도서출판 행복에너지 대표이사

이 책 『1967년부터 시작한 시간여행』은 1967년 ㈜금성사의 자재과를 시작으로 총무과, 제품과, 서비스관리과 등을 거쳐 영업 및 마케팅본부장으로 활동하다가 희성금속으로 전근될 때까지, 17여 년간을 ㈜금성사와 함께해온 박원영 저자의 뜨거웠던 인생의 회고록입니다.

청운의 꿈을 안고 ㈜금성사에 입사한 저자는 금성사의 여러 부서를 거치면서 경력을 쌓았는데 즉 제품과에서는 배송 및 서비스부품조달 시스템을, 총무과에서는 대외섭외업무 표준화와 사원주택 17채를 주도적으로 완공하고, 서비스관리과에서는 우리나라 최초로 가전제품의 전국적 서비스관리시스템을 구축하고 전국 순회서비스 등 도전적인 업무를 성공적으로 수행하였습니다. 또한 그 과정에서 발생하는 각각의 직무 책임과 의무 등 본분을 망각하여 받게 되는 스트레스와 억울함을 비판하거나 불평하기보다는 자기 자신의 부족함에 대한 채찍으로 받아들이고 환경에 발맞추어 새로운 성장을 이루어내기 위해 끊임없이 노력하는 모습을 보여주고 있습니다. 그리고 그 기저에는 항상 자신을 둘러싸고 있는 모든 환경과 인간관계에 감사하는 마음이 선행되어야 한다고 저자는 이야기합니다. 또한 몰입을 통해 자신의 직무능력과 창조성을 개발하는 방법, 기업의 서비스 및 영업 담당자로서 고객의 클레임에 대해 가져야 할 자세 등 사회생활을 시작하는 지금의 젊은 세대와 금성사 후배들에게도 도움이 될 이야기들을 딱딱하지 않고 유머러스한 구어체로 읽기 편하게 들려주고 있습니다.

이 책을 쓴 박원영 저자는 ㈜금성사 영업 및 마케팅본부장, 희성금속 및 금성정밀 상무, 바른손카드, 강진물류, 전국통운, 동아전기 사장 등을 거치며 기업경영 및 마케팅기획 등 경영지도사로서 중소기업 경영지도 활동도 하였습니다.

열정과 혁신으로 한 회사를 살려낸 저자의 경험담을 담은 『도산회사 살리기』, 어릴 적 6.25 전쟁의 피난 경험을 통해 젊은 세대의 애국심을 촉구하는 『11살의 난중일기』에 이어 새롭게 출간되는 이번 저서를 통한 박원영 저자의 열정 넘치는 저술 활동을 응원합니다!

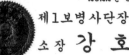